U0647079

老去的风景

张麟 / 著

浙江大学出版社·杭州

图书在版编目（CIP）数据

老去的风景 / 张麟著. -- 杭州 : 浙江大学出版社，
2025.9. -- ISBN 978-7-308-26682-6

Ⅰ. I267

中国国家版本馆 CIP 数据核字第 20257WN982 号

老去的风景

张　麟　著

责任编辑	谢　焕	
责任校对	张一弛	
装帧设计	云水文化	
插画绘制	齐珞凝　齐米粒	
出版发行	浙江大学出版社	
	（杭州市天目山路148号　邮政编码310007）	
	（网址：http://www.zjupress.com）	
排　　版	大千时代（杭州）文化传媒有限公司	
印　　刷	杭州宏雅印刷有限公司	
开　　本	880mm×1230mm　1/32	
印　　张	6.375	
插　　页	6	
字　　数	135千	
版 印 次	2025年9月第1版　2025年9月第1次印刷	
书　　号	ISBN 978-7-308-26682-6	
定　　价	58.00元	

图 1　林间小路，通向的，是我们激昂的青春

图 2 密林幽境，荡漾的，是我们深沉的回忆

图 3　惊涛拍岸，震动的，是我们美妙的遐思

图 4　巍峨群山，凝视的，是我们纯洁的灵魂

图 5　恬淡村居，寄托的，是我们淡淡的乡愁

图 6　海滩落日，映照的，是我们夕阳的幸福

图 7　礁石密布，隐伏的，是我们复杂的人性

图 8　静谧秋日，飘散的，是我们彼此的挂念

图 9　冬夜明灯，温暖的，是我们漫长的归途

图 10　绿野田畦，培育的，是我们毕生的果实

题记——

　　每个人都有自己心目中班集体的样子，我曾经就读过的高中班就是"星耀班"。

自序：把缺失补上

说实话，我没有想到要去写《老去的样子》的续集《老去的风景》。

《老去的样子》出版后，我陆续收到原"星耀班"的同学和朋友，还有不认识的读者的来电来信。特别是"星耀班"的同学们，他们说，班上那么多人，你只挑出几个来写，还有很多人你没有写到，那些人的成长经历，他们所取得的成就，比你笔下的人物精彩得多。你眼睛朝上，只关注班干部，对普通同学视而不见。这些话对我冲击很大，但我没有想到要去写这本续集。

一个我不认识的、名叫穆萌的读者，读了《老去的样子》后写了一段评语："做个热爱生活的人。我无意中在'得到'电子书库搜到这本书，被书名《老去的样子》吸引，想知道老去时是什么样子。被一篇篇作者身边的故事感动，真挚的情感、充满时间历练的智慧缓缓流淌，沁入心间温暖而有力量。做个热爱生活的人，积累宝贵的人生回忆，是我真正喜欢的、需要的。"即使这样，我还是没有想到要去写续集。

2024年夏天，我在有凉都之称的利川元堡花坪避暑。照例，每到花坪，我都要先去《老去的样子》"租房"篇里写到的那座老宅子，看望宅子的主人。其中一个重要原因，就是这篇中的主人公原型，就是这宅子的主人。当然，我也少不了要亲近一下老宅子厚厚的青砖墙和洁净鉴人的青石板，还有笔直光滑的房柱子。

我正在与宅子主人聊天时，突然有人叫我的名字。我不认识来人，愣了一下。

"我读过你的书，还记得里面的段子。"她说完，直接背诵起来，"天上飞过的雀儿认得公母。打个盹都出花样，一只眼睛睡觉，一只眼睛放哨。"我被她流利的背诵和率真的性格惊呆了。

在这偏远大山的一隅，居然遇见了读者，居然还能流利背诵出书里面的段子。我这才想到问她："你怎么知道是我呢？"

她回："我和你小姨子是好朋友，我也经常会来这一带采风，了解民俗、民居。"

我回去问了小姨子，她说："是的，她叫晴天，大学历史老师。"晴天，好听的名字。放眼天空，万里无云，晴朗透亮，真是个大好的晴天。但哪怕都这样了，我还是没有想到要去写续集。

直到收到孟宪法和贺梅子发来的长篇文章，我才被狠狠敲击了一下，这才察觉到，以前考虑不周，多有遗漏，造成《老去的样子》这本书的不完整和"星耀班"的人物缺失。这一刻我强烈意识到，有一种责任，逼迫着我要接着写下去，把缺失的弥补起来，尽可能完整地把更多"星耀班"同学的精彩人生呈现给读者，于是有了这个续集。

孟宪法在"星耀班"有两个"突出"的地方，一个是他"异类"的行为突出，还有一个是他鼻子突出。所谓异类行为，就是指他的发散性思维，不按常理出牌。因为他鼻子突出，男生不叫他大名，而是叫他大鼻子。本续集的开篇"大鼻子孟宪法"就出自他的手笔，是自己写自己的东西，写的是自传，用的却是第三人称，以避免自夸嫌疑。他把电子版发给我，我一看，文如其人，这就是他的风格，所以统稿时我一个字都没有动，只是在前面和后面加了一大段话，用来交代和衔接他的文章。我问过他："你确定你的大名和小名一起用，不用改？假如能够出版的话，你可能会成为公众人物，这个名字会满世界叫开去，这可不是闹着玩的，你不怕吗？"

他哈哈大笑，狡黠地说道："怕什么，玩的就是心跳，要的就是一个老来红的效果。你把班长写出花来了，我不服气，我哪点比他差了？"

贺梅子则不同，她知性、内敛、沉稳，班花可能算不上，但她所透出的内在气质和魅力，足以让任何男生都心猿意马。贺梅子读了《老去的样子》后，也觉得不足以概括班级全貌，有遗憾，一些该写的没有写出来，于是自己也动手写了一篇，叫"拆字人生"。她说：文章里的主人公是她的闺蜜，也是"星耀班"的同学，故事情节是真实发生的，但为了保护其隐私，隐去了真实姓名。续集用得上这篇文章就用，不合适就不用。

在将其收入续集时，我也专门问过贺梅子："写别人写得这么好，为什么不写你自己？"

贺梅子没有正面回答我，她高冷地说道："为什么要写我自己，给你提供的这篇不好吗？不想用就算了，扯些没用的。"

我觉得是我失策了。开始计划写《老去的样子》时，我就该想到发动"星耀班"同学一起写。团队的力量大，集思广益，群策群力，肯定比我一个人劳神费力、绞尽脑汁好。只是，我不具备这种组织能力和号召力。我在想，能把这件事做成功的，除了班长和团支书外，恐怕就只有孟宪法和贺梅子两位同学了。

顺便八卦一下，当年，团支书夏重阳追过贺梅子，但最后娶的却是舞蹈仙子晓惠。但考证不了的事，不会出现在本书正文里面，真实最重要，"星耀班"优良的班风要延续下去，不能砸在我手上，毁在这本书里。

目 录
Contents

大鼻子孟宪法

本篇人物：孟宪法——原"星耀班"学生，性格彪悍，为人豪爽、仗义、幽默，具有不同寻常的影响力。这个人如果成长得好的话，必定有所建树；如果走上邪路，那无疑会造成灾祸。而他最终成长得如何，很大程度上取决于环境的影响。

孟宪法从林场党委副书记、副场长的位置上退下来了，组织上安排他回原来工作的大城市安享晚年，却被他婉言谢绝了。

孟宪法说，在林场工作生活几十年有感情了，和同事、老哥老姐们有说不完的话，这里环境空气也好。再说每天在林子里转一转，植树、护林，跟树都可以对得上话。过这样的生活，他完全可以多活上十几年，为什么要回城里？他就要在这里终老了。

仿佛一夜之间，孟宪法几十年没人叫的小名就又闻名遐迩了，像是销声匿迹后的蒙面大盗突然又扛着名号重出江湖。林场上下都叫起孟宪法的小名来。哪怕是最基层的护林员，都叫他大鼻子书记、大鼻子场长，孩子们则叫他大鼻子叔叔、大鼻子爷爷。

　　孟宪法也觉得奇怪，这突然窜出来的小名，怎么就那么神速地散播开来了呢？这究竟兴起于何方？孟宪法并不想追根寻源，探个究竟，反倒是一阵窃喜。

　　按理说，人上了年纪，身体的各器官的机能都在退化，怎么唯独他的鼻子不仅不萎缩，反而越来越大了？他在林场医院当医生的老伴说："你傻呀，不是鼻子越来越大，而是身体其他器官在缩小，显得鼻子变大了。"老伴从医学角度解释说，鼻子不会随着年龄的增大而变小，鼻子由皮肤、皮下组织、骨质以及软骨等构成。如果没有受到外界刺激，如外伤等，一般不会变化。

　　老伴的一连串专业术语，把孟宪法绕得晕头转向。他搓着鼻子说："就这家伙值钱，是传家宝，是一个人的 LOGO，是网红打卡地，要不然怎么会跟疾风一样，一下子在这么大个林场里传播开来。"

　　山里面从来不缺山珍美味，可这些美味，对孟宪法没有吸引力，引不起他的食欲。他到现在最爱吃的就是猪油炒饭，厨柜里总放有几瓶猪板油炼出来的猪油，怎么也吃不厌。老伴却闻不得猪油味，说有一股毛腥气，闻着就像怀了孩子一样，想呕吐，就好言相劝道："从营养学研究结果来看，猪油吃多了对心血管有伤害，总脂肪摄入过高会增加肥胖风险。"

　　他哪里听得进去，永远是那句话："吃的是历史、是情怀。"

　　"情怀重要，还是身体重要？身体没了，还谈什么情怀？"

"情怀没了，剩一个躯壳有用吗？"

老伴哪里拗得过他。他听不进科学道理，而是把猪油当情怀，把情怀当饭吃。

刚退休的那几年，他给自己安排的工作，还跟以前上班一样，转山林子，跑各个分场，还兼着校外义务普法宣传员的工作。义务普法，就是每周去林场子弟中学、小学两次，给学生上普法课。近几年他转山林子、去分场少了，但到学校给学生讲课一直坚持到现在。

孟宪法说："我不喜欢打麻将，也不喜欢唱歌跳舞，就喜欢在家读法、学法、备课，然后去学校讲法、普法。其实我是有一点小私心的，想在孩子们面前讲我的过去，讲怎么来林场的。"

每次上完普法课，他总要把同学们留下来，问："想不想听爷爷讲故事？"得到的总是齐刷刷"想听"的回答声。这样的回答声带给孟宪法极大的慰藉和满足感。

"四十多年前，爷爷带着一群人，拿着砍刀来林场，你们知道干什么来了？砍柴来了，也砍过树，用砍来的柴枝生火做饭，多余的柴枝，则拿到集市去卖，然后换回一些钱和米。为了一罐猪油，爷爷提着打野兽的火铳，在林场打了一场架，把警察叔叔都招来了，打架的地点，就是你们现在听课的这个地方。知道为什么要打架？爷爷想吃猪油炒饭……"

孟宪法兴致勃勃，把挥舞砍刀、手提火铳的事，当作八路军杀鬼子、志愿军跨过鸭绿江打美帝的事儿来炫耀。

"同学们，你们想听什么故事？"

同学们异口同声道："猪油炒饭，猪油炒饭。"

"爷爷讲故事前，谁先来回答我一个问题，你们为什么叫我大鼻子爷爷？"

又是异口同声的回答："我们喜欢看动画片，大鼻子爷爷像动漫里的人物，那个……那个……"

"你们说的那个，是哪个？爷爷告诉你们，是迪士尼动画片里的蒂蒂。"

孟宪法顽皮地揉捏着鼻子，模仿起蒂蒂说话："那好，爷爷现在开始讲故事，就从爷爷的鼻子讲起。"

一、形象的小名

孟宪法出生时，新中国第一部宪法刚颁布半年左右，他父亲身为法律工作者，还沉浸在宪法颁布后的高度兴奋状态之中。他如饥似渴地读着这部国家的根本法，恨不得一个晚上就把繁复枯燥的宪法条款背熟记牢，却把有孕在身的妻子的预产期忘得一干二净。

这是一个热火朝天、没日没夜讲奉献的年代，每个人都像紧绷得快断裂的钟表发条，欢欣跳跃，策马扬鞭，沉浸在翻身当家做主人的自豪感当中。他的妻子就是在这样的大背景之下，产下了一个大胖小子。羊年诞下小"羊羔"，给这个家庭带来了无比的快乐，同时也冲淡了父亲的对宪法的狂热，他转而把热情投向了儿子。

夫妻俩凝视儿子，惊奇地发现儿子的鼻子明显异于同年龄的孩子。宽大且隆起，但又不同于欧美白种人锥子般笔直坚挺，而是像头汁水充盈的蒜瓣，粘贴在脸的正中央，看起来喜庆而又富有漫画感。

父亲用手指去拨弄这粉嫩又柔软的肉坨子，然后好奇地对妻子说："孩子这么一堆堆，小名就叫大鼻子好了，或者干脆叫堆堆。"

妻子一把推开丈夫："怎么就一堆堆，怎么就大鼻子了，难听死了，还是孩子亲爹吗？你一个法律工作者，不看法典，看少儿漫画书去了？"

"怎么就不是孩子亲爹了？鼻子大有什么不好，狗鼻子大不大？大吧，大就灵嘛。世上但凡带'灵'字的东西，总是充满活力，朝气蓬勃，生生不息。"

"跟你说真的，你见过大鼻子的老年人没，很多人鼻子都是红彤彤的，像酒糟样，人老了就这样，咱儿子该不会也这样吧？"

"操冤枉心不是，我们还没老，就想到儿子老了。"

亏他还是法律工作者，一辈子行事严谨，讲究按部就班，循规蹈矩，这点尤其体现在他的司法文书上，讲究字斟句酌，语法修饰准确，逻辑条理清晰。但在给儿子取名这件事上，他却太随意，不讲究，脱口而出。

这实在怪不得他，孩子本身长得随意了点，名字也就随身体特征，如同象形文字一般形象立体起来。他一辈子循规蹈矩，生活在条条框框里，难得享受一回随心所欲。但其实这正是父亲爱之深的表现。

实际上，他儿子长得周正，天方地阔，腰圆膀粗。

小名无非图个趣味，重在贴合孩子个性特点。大名就不同了，大名会跟随孩子一辈子，必须有个好寓意，叫起来得吉利、好听、上口。因此，在为儿子取大名的问题上，当父亲的就不再随意，而是严肃地当作大事来看待。他把取名与儿子的未来前途联系在一起，慎重而不含糊。

"叫'宪法'如何？"

"宪法？怎么不叫人大、政协？真是三句话不离本行。"

但父母最终一致同意了"宪法"这个名字。"宪""法"两字组合，庄重大气，寓意也好。而"孟宪"两字组合，又给人以大圣人孟子后人的感觉。

历史上，孟姓族人，姓后面有带"宪"字的，有表达辈分的意思，但一代一代传下来，辈分已经打乱了，管你是不是族亲都使用，就没了原本的含义和讲究。

　　而"孟宪"二字的特殊含义却流传了下来，那就是勇猛刚强，意志坚定，尤其是具有突破万难的意志，这是其特质也是其最大优点。当然，也有不足，如果过于无理、任性，恐反遭失利；若过于刚直而变得固执，则必招厄患。

　　不足的地方需要时刻警醒修正，好的特质则需要从小到大坚持不断地修炼，才能不辱没"孟宪"积极向上的寓意，才能不辱没孟大圣人，不枉为其后人。

　　显然，这是父母对小宪法寄予的厚望，也是希望他长大成人后接父亲的班，延续父亲热爱一辈子的法律事业，做一个对国家有用的人，做一名好律师。

　　幼年的宪法直至读完小学，没有人叫他大名，即使同学们知道这个名字，也没人叫，而是一直"大鼻子""大鼻子"地叫着。这个小名太好玩了，连别的班的同学也跟着这么叫，渐渐传遍了整个年级。

　　"宪法"这个名字放在他身上显得老成、古板、学究气，与他的年龄不相称，同学们不喜欢，老师却很喜欢，夸赞这个名字起得好，大气而有意义，他今后一定会很出色，成为国家栋梁。

　　老师之所以这样夸赞，是因为小宪法学习好，每回考试各科成绩总是班级前几名，而且他懂礼貌，乐于助人，有正义感，还爱打抱不平。

　　因为宪法这个名字，大家都以为大鼻子是1954年出生的马，其实他是 1955 年出生的羊。

那个年代，所有人都把自己与国家的发展繁荣联系在一起，爱说自己是国家的人，把替国家分忧当作己任。家里无论多大的事，与国家的事比起来都是小事，微不足道，可以先放一放。大鼻子爸妈在机关上班，是真正属于国家的人，就更是如此了。

大鼻子上幼儿园和上小学的时候，放学回家，家里肯定没人。大鼻子会在隔壁许奶奶家做作业，做完作业就听许奶奶讲故事。如果许奶奶没有空，腾不出手，他就和邻居小伙伴玩一会儿。很多时候他干脆就在许奶奶家吃饭，时间一长，他与许奶奶关系就很亲，像她亲孙子一样。加上大鼻子总把许奶奶挂在嘴边，同学们便猜测：他爸妈是不是不在了，只有一个奶奶。

二、猪放个屁都是香的

大鼻子小时候住的是两层砖瓦楼房的二楼，比起在楼道走廊支锅架灶的筒子楼要好很多，毕竟有间公用厨房。共用厨房的有四户人家，紧挨着大鼻子家炉灶的是许家。许家有个老奶奶，孩子们都叫她许奶奶，大人也都这么叫。

许奶奶非常慈祥，还有一肚子俏皮话，每当一群孩子围拢在身边，吵着闹着要听故事的时候，就是许奶奶最开心的时候。

许奶奶烧得一手好菜，最拿手的是油焖黄豆。20 世纪 50 年代末60年代初，物资极度匮乏，很多食品和生活用品都要凭票领取。猪肉供应紧张，食用油也紧张，一大锅泡发涨开的黄豆，只搁一点点油，用大火焖蒸，蒸得软烂香糯，好吃还饱腹。

在没有油水的年代，这算是道大菜，除了逢年过节，并不是经常可以吃到。有油焖黄豆的那顿饭，大家非吃得肚子胀到要吐不可。大鼻子小小年纪已经知道，吃饱最重要，不做饿死鬼是最原始的本能。

大豆富含低聚糖，碳水化合物含量比较高，由于人体肠道对这种成分很难吸收，因此会产生二氧化碳等气体，吃多了胀气，就容易放屁。而且人在饿的时候，也总会放屁，所谓"饱嗝饿屁"，老话就是这么说的。可大鼻子打记事起就没有打过饱嗝，尽放屁了。

因而他总吵着要吃肉，要吃大肥肉，许奶奶心疼他，便宽慰他道："奶奶家没有肉票，买不到肉，哪天借一头猪来，朝锅里放个屁，菜就香了。"

大鼻子好奇了，为什么猪放个屁，菜就香了？如果能够借头猪来，那就不还了，把它杀了炖了不是更好。大鼻子还小，不知道有借有还这个做人的道理。

从那以后，大鼻子总盼着许奶奶借头猪来，想听听猪怎样放屁，想拿自己的屁做个比较，看有什么不同。大鼻子想搞明白的是，自己放屁是臭的，猪放屁怎么不臭，反而还香呢？

他还做梦梦到自家床底下养了一头大肥猪，每到炒菜时就牵出来，摁下前蹄，撅起屁股，使劲对着锅里放屁，等菜有了香味，再把它塞回到床底下。

在一群孩子里面，大鼻子的个子高出一头，如同他的鼻子异于其他孩子。许奶奶本来就喜欢大鼻子，心疼他个高壮实饭量大，因此总会往他碗里多添一勺饭，比给自己亲孙子的饭还要多，有好菜也会特意多留点。

有一年冬天，刚过小年，许奶奶开始备年货，剁了一大盆做肉圆子的馅。闻着香气，一群孩子围拢过来。许奶奶说："要过年了，奶奶今天做肉圆子给你们吃，看你们还馋不馋。"

说是肉圆子，哪有肉？其实肉只是引子，是点缀，只有花花星子而已。另外，许奶奶信佛，戒荤腥，带肉的菜是做给不信佛的人吃的。所以这无非因为过年，捡吉利话说罢了。叫肉圆子，就是想显示家里富足，讨个好彩头罢了。其实里面全是白萝卜丝和红萝卜丝，为了好看，还撒一点青菜叶末。准确说，应该叫萝卜圆子，笼统叫的话，可以叫菜圆子。

但毕竟是油锅里炸出来的，就不一样了，油同肉一样金贵，所以以素代荤，可以大大方方冠以"荤"名。即使放在现在，"吱吱"响着端上桌来，也是上得了台面，拿得出手的。

吃完肉圆子过足瘾的大鼻子，领着一帮同龄孩子，开始在楼道里来回疯跑，你推我搡，恨不得把所有的气力都释放出来。有年头的走廊木地板，本来就松松垮垮，哪经得住这样折腾，"咯吱咯吱"作响，震得整栋楼都在摇晃。

大鼻子块头大，整出的动静也大。动静大就动静大，四仰八叉地翻滚玩累了，他又翻新花样，冒出稀奇古怪的想法，要比赛看谁放屁放得响，放得多。

大鼻子杵在楼道中央，弓腰双手拍屁股，使劲跺脚，"噼噼啪啪"发出一连串"鞭炮"声，紧接着，其他孩子跟着发出稀稀拉拉的声响，瞬间把楼道搞得乌烟瘴气，臭不可闻。大鼻子嗅到一股浓烈气味，赶紧捂住嘴，摇头晃脑呆在那里思考，平时放屁没什么臭味，今天怎么这么臭？

他哪里晓得重油大荤和清汤寡水经过肠胃消化造成的最终结果是不一样的这个深奥的道理。

果然，大鼻子身大力不亏，通过这次放屁大比拼，证明了自己的才能是立体多方位的，即使放屁也能得个第一。令人意想不到的是，吃萝卜圆子而突发奇想的放屁比赛，帮助大鼻子更加巩固了他孩子王的地位。

楼道里的浑浊气味弥漫开来。一家家把门打开，大人探出头来，板起脸，叫着各自家孩子的名字，让孩子们不许疯闹。呵斥声还没完，他们就一个个捂住鼻子嚷着："什么怪味，熏死人，臭死人了。"

许奶奶站在楼梯旁，阻止了大人们的呵斥："都是孩子，玩是天性，让他们疯吧。吃饱了让他们消化，谁还不放个屁？玩累了，饿了，没劲了，自然会乖乖回去。"

大人们便把头缩回门里了。一是许奶奶发了话，二是受不了臭气熏天，也就不再理会孩子们，任由他们无聊透顶去折腾。

每到天色煞黑，八点一过，楼道里就会传出上海阿姨酥软、嗲声嗲气的叫唤声："撬皮，不早了，回来洗屁屁。"

大鼻子感到奇怪，早不早先不说，回来就回来，说回来做作业、回来睡觉都可以，要洗，也是洗脸、洗脚、洗澡，非要满楼道叫洗屁屁是什么意思？一个小破男孩洗什么屁屁？如果不是洗澡，谁去洗那破玩意，丢不丢人，他天天放臭屁也不洗呢。

他就去问许奶奶，这是为什么。许奶奶说："上海人就是爱干净，不像你，整天臭屁烘烘。人家撬皮小胖，身上总是大白兔奶糖味道，多好闻。你要向小胖学习，听到没？"

许奶奶接着说："上海人和上海人不一样，你妈妈也是上海人，但爱整洁的方式不同。你妈妈总是跪在地上用肥皂水刷地板。哪天让你妈妈用刷子刷你屁屁，刷得跟地板一样光洁明亮了，看还臭烘烘不。"

这样一对比，大鼻子发现，许奶奶说得真对，上海人和上海人确实不一样。上海阿姨总爱处处管着撬皮小胖，要他讲规矩，不许乱说乱动。自己妈妈却不是这样，很少管着自己；上海阿姨话多爱唠叨，自己妈妈却不是，该说的才说，一句就是一句；上海阿姨总穿好看的花衬衫、花裙子，走路飘来飘去，身上有大白兔奶糖的味道，而自己妈妈衣服不好看，从来也不穿裙子，总是灰蓝色不变，跟叔叔伯伯的衣服颜色一样，身上也没有一点脂粉味道；还有，语气上也不一样，上海阿姨轻声轻语，嗲里嗲气，听上去让人起鸡皮疙瘩，自己妈妈粗声粗气，开口就是地方方言腔调，听上去不起鸡皮疙瘩。最主要的是，自己妈妈从不叫他回来洗屁屁，在外面把他当大孩子看待，给他留面子。

大鼻子后来才知道，自己外公是旧时十里洋场上海滩的资本家。这个信息他不是从妈妈那里得来，他爸爸也没说，是许奶奶偷偷说给他听的。

原来许奶奶说的"上海人和上海人不一样"，是打这里来的。大鼻子疑惑，他妈妈如果是这样的出身，实际情况应该正相反才对呀，而他见到的情况不是这样。

大鼻子口头答应听许奶奶的话，实际就是做不到，反倒是多了一个取乐起哄的对象。每天放学后在楼道玩耍，要散去的时候，大鼻子总会撅起屁股，咧着嘴，学揖皮妈妈嗲里嗲气的腔调说："走哟，回家洗屁屁。"

"轰"的一声，一群小屁孩，都跟着起哄："走哟，回家洗屁屁。"然后一哄而散，活像一群炸开窝四处乱窜的绿头苍蝇。

接下来，他们会听到上海阿姨家重重的摔门声，门里传出吴侬软语："揖皮乖，懂事，不要去理会该死的大鼻子，一帮小赤佬，迟早遭电击雷劈，哼！"骂人的话从上海阿姨嘴里出来都那么好听，具有很强的画面感和代入感。

不知道是哪天，有位当画家的邻居搬走了，家里两个漂亮的双胞胎女儿也跟着走了，这让大鼻子失落了好一阵子。大鼻子喜欢这对小姐妹是实话，但更喜欢小姐妹兜里的糖块。

可小姐妹不喜欢大鼻子，嫌他鼻子大不好看，特别爱放臭屁，还爱说脏话，总把"小撅皮洗屁屁"这句话挂在嘴边。但乖巧聪慧的小姐妹不把内心的厌恶暴露在表面，总是以一副甜蜜可爱的样子在大鼻子眼前晃来晃去，"大鼻子哥""大鼻子哥"地叫着，这让大鼻子感到自己已经是个小男子汉般的存在了。这种廉价的存在感，正是姐妹俩耍的小心思，她们找的是一把保护伞，以免受其他调皮小男孩欺负。

大鼻子的智商悟性仅仅停留在糖块上，哪里猜得到女孩子的心思，只知道出蛮力。对于大鼻子来说，姐妹俩走了，他损失了男子汉的存在感事小，再也吃不到甜蜜且带着体温的糖块事大。

大鼻子长大了，不再满足于小家碧玉的糖块的诱惑，而需要以更大的担当来证明自己的存在，他需要靠彪悍的体格去征服，拿下自己想要得到的一切。

不久，新搬来的一家人住进了原来画家的家。原来画家有两个如花似玉的女儿，现在搬来的这家却是三个强壮的男子汉，这使得原本里里外外脂粉香，透出几分妩媚的小楼，一下子变得浑浊、粗鲁起来。

新搬来的这家的女主人走得早，男主人没太多文化，不相信取个吉利的名字能带来好运，就图省事，按年龄大小，依次给孩子取名，首一、第二、再三。这哪里是给孩子取名，分明就是排序，编了个号而已。

由于打小缺乏母爱，父亲的教育又简单粗暴，最小的叫"再三"的那个，比起两个哥哥来，多了几分蛮横和鲁莽。搬来时间不长，也不知道有个叫"大鼻子"的在这一带名头响亮，不知深浅，他居然与大鼻子叫起板来，这使得大鼻子孩子王的威信受到了前所未有的威胁和挑战。

不知从什么时候开始，也不知道是谁给取的名，"再三"被叫成了"油炸乃"。没有人知道"油炸乃"是什么意思，而这个怪异、拗口的绰号却很快在孩子中间传开了，一时间叫得比大鼻子的名字还要响亮，大有取而代之的势头。伴随这个绰号的是一首打油诗，同样很快流行开来："油炸乃，乃油炸，油炸乃瓜娃，瓜娃乃油炸。"

没有人可以解释这首打油诗的意思，甚至连它的出处都不得而知，唯一可寻的线索是再三的祖籍是重庆，再三的父亲操着一口浓重的西南地区方言，而"瓜娃"说法正是源于此地。

瓜娃，就是傻瓜、白痴的意思，态度可以是轻蔑的，也可以是亲昵的。从词面上解释，"瓜娃"一词不单纯是骂人，它也是一个很恰当的形容词，用来形容智商较低、总做傻事的一类人，或不知深浅喜欢强出头充好汉的人。

据此判断，把再三叫瓜娃，无疑是他父亲的杰作，但其中的含义并不全是贬义，里面疼爱的成分一定更多些。但如果把"油炸乃"的绰号也推到他父亲身上，那就绝对冤枉了。其实不必去深究，这或许就是个民间传说，是首儿歌，是个顺口溜，是起哄用的。

大鼻子和油炸乃同住一个屋檐下，进出同一个门栋，但对峙干仗的敌对态势并没有形成，一山容下了二虎，许奶奶对这一局面的形成起了决定性作用。

两个孩子本质上不一样，这是由家庭教育、成长环境决定的。许奶奶一方面让大鼻子躲着油炸乃，不要正面冲突；另一方面启发开导油炸乃，也起到很好的效果。

最终结果是，大鼻子孩子王的地位依旧稳固，并且与油炸乃联手，形成了双雄新势力，一时间，其威望在整个街坊可谓无人可敌。

成年后的油炸乃，虽然经历波折起伏，做过错事，走过弯路，但终究没有走到歧路上去，一直与大鼻子保持着好朋友关系，此为后话。

大鼻子十二岁那年，许奶奶不行了。大鼻子死死抱住许奶奶不让走，哭着说："奶奶莫走，您走了我们就再也吃不到您做的油焖黄豆和萝卜圆子了，那头会放屁的猪再也见不着了，您讲的故事还没听够呢。"

许奶奶摸着大鼻子的头吃力地说："好孩子，奶奶笃信佛，佛教不沾荤腥，知道你馋肉吃，可买不到肉，就做不成，奶奶心里不好受，你以后要乖乖的，要听话。"

许奶奶一直不闭眼，非要等亲长孙回来见一面。见到长孙后，她说："奶奶走了，你们所有人身上的病痛和不如意，都让我带走，我一个人承受，保佑一家子人平安。"说完后，她安详地闭上了眼睛。

许奶奶的话或许是应验了。料理完后事，有些人本来有的头疼脑热、腰疼背酸、颈椎疼等症状统统消失了，并且在相当长的时间里没有复发。

成年后的大鼻子回忆说，有一个人影响了自己一生，其形象就像刀劈斧凿般刻在了他的童年记忆里，这个人就是许奶奶。后来凡是遇到人生重大选择的关口，大鼻子脑海里总会浮现出许奶奶的身影，就会去想：我这样的选择是不是许奶奶希望的？做出选择后该怎么去做，才能够达到许奶奶的要求而被认同？这几乎成了他衡量事物好坏的标杆。

他的这种信念，绝不仅仅是从小吃许奶奶做的油焖黄豆和萝卜圆子里得来的，更是从自己父辈那代人对许奶奶尊敬、爱戴和敬畏的眼神中感悟得来的。

那时候大鼻子还小，不明事理，曾经幼稚地想，孩子被父母管着，怎么没人管父母呢？当他挨父母的骂或挨揍的时候，总幻想站出一个人来管住父母。

而许奶奶就是可以管住父母的那个人。

大鼻子认为，她连大人都能管得服服帖帖，简直太厉害了。能够管住别人，而不被人管，这个朴素天真的想法，一直留存在他的脑海里，成为他日后心驰神往的精神追求。

三、侠义单挑

初中二年级，大鼻子过了十四岁。某日，午饭过后，他和同班一个叫何平利的同学打了一架，起因是一碗芋头粉蒸肉。

中秋前夕学生食堂加餐，多了一道荤菜——芋头粉蒸肉，令排长队的学生欢呼雀跃，翘首以盼。说是芋头粉蒸肉，不过两小片肥肉垫底，碗里堆的全是芋头，但这就很好了。

快要轮到大鼻子买的时候，何平利同学插了进来。就这么一插，等轮到大鼻子的时候，芋头粉蒸肉卖完了，这下激怒了大鼻子。

但他忍住没有发火，而是端着饭盒，坐在了何平利旁边，盯着他吃。何平利根本不把大鼻子放在眼里，只管自己狼吞虎咽。大鼻子继续忍住，痛苦地吞咽着自己碗里寡淡的萝卜白菜。

何平利风卷残云后，斜瞟了身旁的大鼻子一眼，心满意足地抹了两下油嘴站起身来。大鼻子头也不抬，用手死死摁住何平利的肩膀。何平利感觉到有一股很强的力量在往下压自己，他有一种不祥的预感，因为这力量里面有愤怒，有仇恨，而且蓄谋已久。他跟着一屁股坐了下来。

大鼻子一动不动，平静地低声说道："芋头粉蒸肉你吃过瘾了，我们今天玩个游戏？"

何平利没有明白他的意思："去你的，玩什么游戏？"

"单挑，决斗。"

"不就是打架嘛，好呀，来呀。"

大鼻子等这一天很久了，他曾无数次去设想以什么理由，以什么方式来约架。很明确，一是要占理，二是要光明磊落。

说起何平利同学，大鼻子就来气。这个同学向来调皮，好惹事，爱欺负老实同学。说他坏也谈不上，他一方面欺弱，另一方面还不惧强，但绝没有做老大的气势和魄力，论起江湖座次来，顶多排三弟、四弟的位置。

在十四岁的年纪，大鼻子已经有了侠客义士般靠拳头来打抱不平的想法。因为看不惯何平利同学的蛮横，他一直想找机会试试自己的拳头，教训一下何平利。芋头粉蒸肉就提供了机会。

单挑地点选在学校比较僻静的地方，校办工厂废料堆旁。平时这地方人就少，正好学生加餐完后放假，这里根本不会有人来。

只见，两人站立，四目相对，摆开架势。大鼻子先开口了：

"今天我俩单挑，用拳头说话，可以脚踢，可以搂抱，但不得使用树枝棍棒砖头石块。"何平利毫无惧色，迫不及待应道："少废话，来吧。"

"开始。"两人同时下令，话落手起，大鼻子抢得先机，一记直拳，直奔何平利的鼻梁。何平利顿时鲜血流出来，捂住鼻子蹲了下去。大鼻子本能后退一步，做好何同学起身反扑的准备，没有想到何同学蹲在那儿一动不动。他身边尽是砖头石块，但他没有伸手，也没有站起来咆哮如雷。

大鼻子脑海里瞬间闪过一个念头：如果他抄起棍棒，拾起砖块，我是不是要放弃承诺，不再做君子，而是棍来棍挡，砖来砖对？

但打斗没有升级，仅仅一个回合就偃旗息鼓了。大鼻子上前扶起何平利，用敬重的眼神看了他一眼，二话没说，转身离去。

原本两人之间的事，没有第三人看到，大鼻子以为这事就这样烂在肚里了。但单挑过后，大鼻子改变了对何同学的看法，对他高看了一眼。一直到初中毕业，两人都相安无事。初中毕业后何平利没有读高中，参加了工作，大鼻子则升入了高中。

五十年后初中同学聚会，大鼻子和何平利都参加了。席间一个同学在饭桌上爆料，把当年单挑决斗的事情抖了出来。据他说，那次加完餐，他因为尿急，一个人来到校办工厂无人的地方小便，看到了决斗的一幕，但他没有对任何人提起。

大鼻子和何平利对视了一眼。大鼻子走过去，伸开双臂，拥抱了何平利。大鼻子问:"过去五十年了,还记得当年我们单挑的事吗?"

他哈哈大笑:"这辈子,我打了数不清的架,你说的是哪一次?"

"哪一次?看来不止一次啊。"而对于大鼻子来说,一辈子就只有这一次单挑!

"都在酒里了。"两人异口同声说。一瓶山东大曲,他们对撇各一半,昂起脖子一口灌下肚,颇有梁山好汉的味道,把一桌同学都惊呆了。

现在想来,那个时候男生打架,其实也是成长经历的一部分,甚至可以说是同学之间情谊维系的一部分。少年时代没有挥拳舞棒打架斗殴过的男生,人生的成长经历中始终有一个缺憾。畏首畏尾、忍气吞声成长起来的孩子,成人后恐怕难当大任。

这时不知谁起哄,喊道:"评理(平利),评理(平利),神仙对决,华山论剑,高低对错,分出个输赢来呀!"

那名爆料同学便站起来反驳说:"挑什么事呀,什么神仙对决?什么华山论剑?分什么输赢?大鼻子、何平利两位同学都是好样的。这事没有高低对错之分,大家都是侠肝义胆、信守诺言的好汉,这事搁现在,绝对上新浪热搜、今日头条。"话音刚落,立刻响起满堂喝彩。

四、孟四两和"白条猪"

1974年高中毕业，大鼻子当了知青，去江汉平原农村知青队插队。

至此，走向社会的他将"大鼻子"这个小名封存起来，大名孟宪法正式启用。

离开大城市，来到广阔天地，过起与城市完全不一样的生活，孟宪法觉得没有什么不好。他早就想远走高飞了，一点都不留恋城市的舒适，他也不想家。他准备在这里吃吃苦，但又天真地想象这里会天天有肉吃。

苦算什么，有肉吃，苦就变成了甜。

一到知青队，他看到了养猪场，便希望能够分管养猪场，就算又脏又累，就算吃不到猪肉，但整天围着猪打转，既开心，又可以解馋。宪法这个幼稚可笑的小小愿望没有实现，他被分配到的是大田里的活儿，一年到头不是挑草头、插秧、拔棉杆，就是上堤修坝，再不就是上山砍柴，没有一件轻松省力的活儿。

繁重的体力劳动并没有压垮小伙子们，十八九岁的年纪，干起农活儿来不知道累，也不吝惜力气，只要睡上一晚浑身就又有了劲。但他们怕饿，肚子"咕咕"一叫就顶不住，就双腿发软，就睡不着觉，就想家。

每天收工回来，宪法会去猪圈转一圈，眼见猪一天天臕肥体壮，可就是不宰杀。他以为队里养猪是留着自己吃的，哪里知道，那是拿来卖的，卖的钱归队里，是集体收入。

馋得不行的时候，他恨不得一把火把猪圈点了，也好饱餐一顿烤全猪。他不知道农村吃肉比城里还难，况且当地还有当地的习俗规定。

知青队的老支书、大队长都是当地人，称呼自己为贫下中农代表，知青队自然也就随当地习俗。按当地习俗，一年两次杀猪，一次在端午，另一次在小年。宪法到知青队的那年，刚好过了端午，再要杀猪，得等到小年，也就是说他有大半年时间吃不上肉，闻不到香了。

没有油水的日子，还不如去死。一日三餐，不是白菜萝卜，就是南瓜腌菜，他刚来时的热情消失殆尽了。原来干活儿不觉得累，现在干一点活儿就腰酸背疼，才来半年，宪法就想回城，就想家，就想许奶奶做的油焖黄豆和萝卜圆子了。

当然，他也不可能去猪圈拖头猪朝菜锅里放屁，要不这事就简单了，拉十头八头猪一起对着菜锅放一串连环屁就行了。那是许奶奶变着法子哄孩子逗孩子开心的话。宪法已经是成年人了，但幻想起来，跟孩子没有区别。

缺油水不说，粮食也缺。知青队作出了新规定，在原来每餐定量的基础上，大米减少二两，不足部分，由红薯（或者土豆、南瓜）补充。这是困难时期充饥填肚子的应急办法，当时有种说法叫"瓜代饭",指的就是这事。

本来肚子就饿,这一下好了,大米一餐减少二两,一天三餐减少六两,没有男生扛得住。私底下暗流涌动,一部分知青计划以不出工为抵制,更有大饭量的男生以绝食相威胁。

红薯经过蒸、烤、入菜,翻着样子吃过几遍后,没有人再吃得下去,见到就想吐。这东西富含淀粉,跟宪法小时候吃许奶奶做的油焖黄豆还不一样,更加胀气,一胀气就容易放屁。那时小,放屁就放屁,现在成人了,再这样就不雅观了。男女之间也知道了害羞,需要相互回避。

但他也不能不出工,更不能靠绝食抗议,这些都不是解决问题的办法。宪法玩起了新花样,这个本事他与生俱来。

他专门找小个子男生对赌,赌在厕所吃"饭"。还真有不信能干出这事的好事者,也有想看笑话的,答应与他对赌,以一两米饭作为赌注。

没有谁逼着他去吃,是宪法自愿要去的。一堆男生围在厕所旁边看稀奇,结果,他还没吃两口就全吐了。吃了几个月的红薯,屙出来的屎成了红薯酱,奇臭无比。据宪法说,他赌是赌赢了,可吐出来的比吃进去的要多得多。宪法经过真实体验得出的结论是,人饿"绿"了,恨不得去吃屎;但真到了实地,那也是个死——恶心而"死"。一想到这里,倒不如饿就饿着,还落个干净清爽,总不至于呕吐到翻江倒海。

这事传到老支书耳朵里，他敏感地意识到问题的严重性，连夜召开支部大会，决定第二天恢复原定饭量，男女分食，把饭量小的女生的定量调整一部分给男生。

事后，宪法自己说，不过瞎胡闹而已，没有想到会是这样的结果："以一己之力，让所有知青不饿肚子，我哪有这本事？"结果很好，吐了一个人，饱了全知青队。

为庆祝支部大会的英明决定，原计划以不出工作抵制、以绝食相威胁的几个知青，专门请宪法下馆子吃了一顿。

好不容易熬到冬季农闲时节，农田里没活儿了，听老知青说，如果不上堤修坝的话，会安排大家在家剥花生。宪法去的第一个冬天特别冷，考虑到堤坝去年大规模整治过，队里决定男生不上堤，与女生一样，在家剥花生。

剥花生就是将花生去壳，那是来年开春播撒到田地里的花生种子。

知青队规定每人每天剥十斤，还规定，去壳后没有破损的花生米必须上交不少于六斤半，才可以得到十个工分。女生自然高兴，因为这是她们唯一可以与男生同工同酬，甚至极有可能超过男生的农活儿。

一开始，宪法以为这是件简单不费力气的活儿。但他想错了。十斤干壳花生得装一大麻袋，一颗颗地剥，不知得剥到什么时候。宪法有劲，开始攥一把在手心，一使劲，壳子全部裂开，花生米散开脱落。可是这样的办法，经不住一麻袋的量，干了一会儿手就没劲了，僵硬起来，握拳都困难，而且这样的剥法，花生米容易破损。上交花生米时，破损大的话，是不合格种子，斤量要打折扣，须补交或是扣除部分工分来冲抵。

冬天寒风凛冽，屋子里四处透风。女生早有准备，在指头上缠上橡皮膏，防止开裂。宪法却不知道，他的手指很快就裂开了口子，剥一颗疼一下。实在冷得不行，就烧花生壳取暖，结果烟熏得他眼睛睁不开，呛得直咳嗽。

不过相比较在坝上，赤脚踩在带冰的泥浆里来说，这也还算幸福了。

如果不是扯闲偷懒，剥十斤花生，八小时多一点就可以完成，否则就得挑灯夜战了。由于是留作种子用的花生米，是经过挑选的，所以大多籽粒饱满，不偷吃的话，十斤带壳花生剥六斤半花生米不成问题，多的甚至可以到七斤。

可是没有谁遵守规定，都想着法子投机取巧，剥完后不急于上交，而是找来小秤，称足上交的数量，多出部分则截留下来，包好收藏起来，慢慢享用。

截留虽不过二三两，顶多不过半斤，但在没有油水的年代，也算是一种补充。但凡肠胃里面有一点荤腥，谁会厚着脸皮贪这点小便宜？

负责验收花生，过秤称重的是生产队长，一旁是记工分的记分员，精明的生产队长能不知道这个秘密？但他心疼城里伢，也就睁只眼，闭只眼，只要缴足六斤半就行，记分员就给记上满分十分。

唯独宪法不知道这个秘密，以为自己多么能干，凭蛮力逞强，六个小时过一点就剥完了，第一个上交。一过秤，六斤九两，比规定最低上交数量足足多出了四两。

提前干完一天活儿，拿到十个工分，宪法一点也高兴不起来。女生干的绣花活儿，被男生抢了，这算什么事？他又冷又饿，离开饭时间还早，便漫无边际地闲逛。他两手插在棉衣袖笼里，哼着含混不清的歪曲，一副好吃懒做、游手好闲的二狗子做派。

他先是凑到制苕粉的大铁锅面前，看着一根根细细的粉丝从沸水滑过，然后迅速将粉丝拖到紧挨着的凉水大锅里冷却，接着粉丝被捞起、掐断、晾晒，杂耍般的一气呵成。宪法看得目瞪口呆：这活儿的技术含量哪是剥花生可比，这才叫男人干的活儿，他就想申请去干。

紧接着他又听到"啪啪"的沉闷声音，他过去一看，一个专门耕田耙地的壮汉站在小木凳上，左手紧握底部布满小孔的不锈钢漏勺，漏勺里面装满面浆团，他用右手手背使劲拍打漏勺里的面浆团。在手背力量作用下，面浆团受到挤压，从漏勺小孔里流出了细细的粉丝。这个动作节奏感很强，手上下不停摆动，有力量，有技巧，这活儿更男人。

宪法想试试，接过漏勺，站上小板凳，"砰砰"，完全不得要领。劲小了，面浆不往下流，劲大了，手背疼不说，面浆下得太快，粘连结坨。拍打了几下后，他没劲了，手磕到了勺沿，破皮流血。这不是蛮力的事，不学上一段时间，还真是掌握不了要领。他识趣地把漏勺还给了壮汉，一番折腾，肚子饿得更厉害了。

大铁锅旁趴着一只猫，它在这里取暖，猫有这个习性。宪法刚刚拍面浆失手，丢了面子，磕破的地方还渗着血，肚子还饿着呢，一下子怨气冲上来，抬脚去踢那猫。但那猫居然纹丝不动，懒得搭理，继续在那里慵懒舒适地取暖。猫的举动，激怒了宪法。

据说猫有九条命，摔不死。他不相信，抱起猫，使劲向空中抛去，猫落地一下子跑得不见了踪影，印证了猫的确摔不死。"猫有九条命这个事是真的，不是臆造。"

气撒了，苕粉制作也实操了，向空中抛去的猫不见了，一切都无聊至极，没有一点意思。唯独开饭的钟声有意思。可时间就是凝固不走。宪法只好继续漫无边际地走着，耷拉双肩，有气无力。他突然想到了磨坊，便有了目标和方向。无疑，这个目标的确立，是由天气和肚子决定的。

去磨坊，他首先是想进去取暖，把手给焐热，再看看能不能碰运气蹭上一碗热豆浆。要是运气更好的话，或许还可以来上一碗豆腐脑，不但能驱寒，还能填一下"咕咕"叫唤的肚子。

但没走几步，他就惊呆了。有一只死猫，侧躺在地上，拦住去路，正是刚才自己摔的那只猫。刚才还以为这猫有九条命，结果却不知怎么的死在了这儿。它死在哪里不好，偏偏死在他的面前，挡住他的去路。宪法有一种不祥的预感，浑身一颤。

死猫带来的不祥，堵在他心里，他一边想着，一边就走到了磨坊。突然，从磨坊里面冲出一个女生，差点与他撞个正着。只见那女生，失魂落魄地捂着脸尖叫："耍流氓！耍流氓！"声音已经走了调。

宪法大步冲进磨坊，只见摊粉的长条木板上，赤条条躺着一个人，白晃晃的跟褪了毛的大肥猪一样，溜圆臌肥，一动不动。

宪法上去把"褪毛猪"的头使劲往外一扳，原来是副业队的陈队长。

"你什么情况，耍流氓啊？拿把刀来，老子今天非把你这家伙捅了不可，剁你的头，卸你的腿，把你这个不知羞耻的褪毛猪，大卸八块成'白条猪'，还要把你那家伙阉了喂狗去！"

一旁的另一个知青不敢吭声，慌忙把"白条猪"的衣裤扔了过去。这个知青因个子小，被安排在磨坊专门负责浸泡黄豆，摇包滤浆，大家都叫他"摇包"。

"摇包，怎么回事？你先说。"宪法严肃起来，声音和他的名字一样，庄严而有威慑力。

摇包战战兢兢地说："磨坊大火煮浆，忙了一下午，出了一身臭汗，衣服湿透了，陈队说想洗个澡。嫌温度不够，叫我和那个刚跑出去的女生一起抱些柴火进来，把火烧旺。等我们抱柴火进来，看到的就这样子了。"

"摇包你出去。"宪法手里拿着搅浆用的实木棍棍，晃来晃去，极具震慑力，"摇包说的是实话？"

陈队长不敢抬头，无话可回，只是裹衣蜷缩成一团。

"你说怎么办？"

"求你了，放过我，千万不要跟队里说，否则我这辈子就完了。今后来磨坊，豆浆管够，豆腐脑也管够，出锅的第一层油焖子（也就是腐竹），包管留给你。腐竹油水足，饱肚子，有营养。"

陈队长双手紧紧捂着下体，浑身哆嗦。

"想堵我的嘴？把你那双脏手拿开，还知道羞呀？老子今天非把你那家伙骟了不可，看还能祸害不。"

想到陈队长平时为人趾高气昂、油嘴滑舌的样子，宪法只想快点下刀子，可他转念一想：大家都是知青，一个战壕的战友，便放下一句话："你自己看着办吧，我肯定不会说出去，但摇包说不说，看到你光屁股的女生说不说，我不敢保证，你这个丢人现眼的白条猪。"

就此，宪法再见到陈队长不叫陈队长了，而叫他"白条猪"。陈队长也是直点头，硬是不敢回顶一句嘴，他的把柄从此被宪法捏得死死的。

晚饭后在禾场开会，大队长表扬了宪法，说他剥花生又快又好，足足六斤九两，是上交最多的一个。接着又狠狠批评了宪法。表扬用词很简洁，轻描淡写；批评用词却很繁复，语气严厉，句句尖刻不讲道理。

"知青队从成立第一天就有了这只猫，这是一只通人性的猫，是个生命，跟你跟我一样。猫有九条命，摔不死，这是什么歪理？你自己摔一个给我们看看。你不用出工了，明天一早返城，不找只一模一样的猫，就不要回来。"

宪法没有把表扬当回事，实际上也没有把批评当回事，认为都是不值一提的事。他知道大队长明里批评自己，实际是爱护自己，尖刻不讲道理的话，是说给全体听的，说给只交六斤半花生米、多一钱都不想交的人听的。

至于"找只一模一样的猫"，不过是大队长在气头上说的话。跟人一样，世上怎么会有一模一样的猫呢？

他还在想饭前发生在磨坊里的龌龊一幕，后悔没有用搅浆棍把"白条猪"这个有暴露癖的臭流氓暴揍一顿。至于猫，不过一只猫而已，哪里找不着，去老乡家里逮一只就是了。

接着他眼前又浮现出惊恐万状地从磨坊里冲出来的那女生扭曲的面容，心便剧烈地跳动起来，一阵阵悸痛，然后他下意识地四处搜寻女生身影，却没有寻着。

他心情还没有平复下来，却听到身后传来一阵阵议论声，是关于他上交花生的事。有人说他图表现、充人尖子，有人说他打小报告是叛徒，还有人说他鼻大肚大心眼小，活该饿死、去吃屎。这些话把宪法搞得蒙头蒙脑，他一下成了被唾弃、人人避之不及的过街老鼠。

宪法感到奇怪，生出疑问：剥完花生足量上交，又快又漂亮干完一天活儿，不多拿一个工分，有什么错吗？自己又没有伤害到谁，怎么反遭议论，就成了人尖、叛徒、肚大心眼小？连活该饿死、去吃屎这样难听的话都说出来了，这道理从何说起？只听说"好事不出门，坏事传千里"的，怎么到自己这里，好事不仅出了门，还引来这么多非议。一件好事，变成坏事，迅速扩散开来，让人始料不及。

宪法分得清轻重，不太把这些事情放在心上，听就听了，并没有太当回事。他心想，与磨坊里面发生的事比起来，上交足量花生米反遭议论的事，算不得事，磨坊里发生的事，那才是个事。

但他想简单了。会议结束后，他就有了一个绰号叫孟四两。

第二天，"孟四两"的绰号在知青队中传开来了，人人都这么叫。伴随着这绰号的还有一首朗朗上口好记的打油诗："孟四两，（花生）米四两，饿死也不上茅房。"这个绰号一直伴随着宪法，直到他离开知青队，而那首打油诗则随时间流逝被遗忘了。

到了晚上，宪法肚子"咕咕"叫起来，怎么也睡不着，他闻到房间有花生糖的味道，这是熟悉的上海冠生园的味道。母亲是上海人，小时候亲戚来来往往，带来的就是这种花生糖，这味道，沁到脾胃里，勾起的回忆，搅得他翻来覆去更加睡不着了。

原来，是同屋的那人在细嚼慢咽花生糖。同屋这是明显带有情绪，没有一口吞下去，而是在让自己多享受一会儿的同时，也多折磨一下宪法。实在怪不得同屋这么狠心，他对孟四两多交花生米的行为也有看法，就是存心想多气他一下。

宪法躺在床上，背向同屋，含混不清地问："哪来的花生糖？"

同样躺着的同屋，背对着他，一副爱搭不理、阴阳怪气的样子："白天剥花生米留下来的呀，你没留？"

"没留，怎么可以留？"

"怎么不能留，你交六斤九两，我们交六斤半，都没有违反规定，都是十个工分一天活儿。就你行，你逞能，你高风亮节，你想得到表扬，想当先进，那就委屈肚子，只能闻闻香咯。还有，你心够狠的，硬是生生把猫给摔死了。"

宪法掀开被子跳下床："你们真的只交了六斤半？我怎么不知道要这样做，怎么不早说，教教我。"猫死了不重要，肚子饿了才重要。

"你得问呀，没长嘴巴？就算没长嘴巴，长着眼睛看也看得见呀。"

在饥饿面前，宪法服了软，没有了底气，全线溃败了。

同屋觉得目的达到了，不忍心再折磨宪法，从被子里抓出一把花生米塞过去，又递过去两颗水果糖，说道："一起放到嘴里嚼，嚼呀嚼，就会嚼出花生糖的味道来。"宪法从来没有吃过这么好吃的花生糖，肚子也不叫了。心里美滋滋的，他嘴里冒出一句儿时童谣："嚼呀嚼，嚼过外婆桥。"他一下子想到了妈妈，还有许奶奶。

他明白过来，自己被孤立、被奚落，原来是因为坏了这么多人的好事，坏了约定俗成的规矩，挡了人家的"财"路，摔了人家的"饭碗"，当然要遭到谴责了。

不要小看那几两花生，饥饿时，它是信念、是希望，它们支撑起了知青生活下去的信心和勇气。他们要靠着这种又香又甜的希望共同抵御严冬。如此说来，他的这种行为就不仅仅是个规矩问题，而是在毁人家的信念，灭人家的希望。

当希望受到阻碍、遭到破坏的时候，人怎么可能说好话，给好脸色。同屋没有反目为仇，反倒塞一把花生米和两颗水果糖给你，说明人家没有记恨，已经很给面子了，还要怎么样。

这是一个豪情万丈、激情燃烧的年代，当时社会上也宣传精神信念万能至上。别人怎么想，宪法不知道，也不想知道，他内心的想法是，人在饥饿的时候，光靠精神信念的力量支撑不住自己的身体。他从小到大，一直就由死也要做个饱死鬼的朴素愿望指挥和左右。剥花生这件事，让他明白了一个道理，在考虑自己的前提下，不能让别人极平常、极朴素的愿望受到侵害，让别人做饿死鬼。他显然在不知不觉中做了自己并非刻意要做但没有考虑后果的事。

宪法想回报讨好同屋，同时也想让同屋知道，自己上交花生米后，不是玩去了，而是干了一件了不起的大事，抓到了一个现行大流氓，并且进行了严厉审问。这个无耻的大流氓就隐藏在我们纯洁善良的知青队伍中。

他想把磨坊看到的一幕偷偷说给同屋听，但转念一想，自己答应过"白条猪"了，就应该信守承诺，于是把这个想法压了下来。现在还不是揪出这个无耻流氓，昭告天下的时候。

至于摔死猫，肯定是自己不对。当时他心烦意乱，也是为了发泄怨气。他总以为猫摔不死，才酿成了悲剧。

花生糖吃了，错也认了，宪法心满意足地回到床上，一边用舌头舔舐嘴唇上残留的甜味，一边对自己信守诺言，忍住没有泄露秘密感到满意。但他翻来覆去还是睡不着，还在想磨坊这件事。这事可比花生糖重要得多了。

他开始意识到已经走向了社会，要学会独立思考未来的人生了。"白条猪"的卑劣行为，给他带来很大的刺激，他已经是十九、二十岁的人了，情窦开了，对异性有了幻想，生理上也有了萌动，有了需求。

在物质极度匮乏、精神文化生活贫瘠的农村，人的意志力特别脆弱，靠道德约束起不了作用，说教更是苍白无力，不堪一击。刚走上社会的少男少女，根本不知道底线在哪里，就算知道，也撇一边，不当回事，不计后果。

经历了一番费神费脑的深层次思索，他更没有了睡意。这是他长这么大从来没有过的事。他折腾到后半夜才入睡。

这天晚上他梦遗了，梦到骏马在草原上飞奔，醒来，床单上留了个大大的浆壳图案，形似"白条猪"。

窗外飘起雪花，终于等来了小年。下乡这么久没吃肉，宪法差不多要把肉滋味给忘掉了。一想到杀年猪，他就把所有的不愉快都抛在了脑后。

伙房师傅考虑很周到，猪下水及边角余料统统倒入一口大锅熬汤，板油炼油留存，里脊、五花正形部分，肥瘦搭配，做成粉蒸肉，每人一份，每份一斤。

这天陈队长亲自下厨房帮厨，特意安排了两碗纯肥肉做的粉蒸肉，其中一碗留给宪法。为了解腻，他还多搁了些米粉和几块土豆。宪法没有含糊，也没有感觉到油腻，一顿全部下肚，吃完后大呼过瘾。

但几小时后他喊肚子疼，原来吃滑了肠，上面吐，下面拉，把肠胃全部清洗干净了。以致在相当一段时间里，一闻到猪油味，他就作呕想吐。宪法后来听陈队长说了这事，并没有怪他，只是说道："以后端菜上桌悠着点，肠胃干瘪枯黄，下这么猛谁受得了，分明让我喝猪油！怎么也得分盘，肥瘦相间，荤素搭配吧。

沉疴下猛药，是要死人的。比如，猪肉炖粉条呀，土豆烧肉呀，腐竹乱炖呀都可以，肉一定不能纯肥，平衡，一定要平衡。说你是头白条猪，就真把自己当白条猪了，动动脑子好吗？"

五、半罐猪油，怒闯林场知青队

又一个冬季农闲时节到来了，这是宪法当知青的第二年。知青队安排一部分男生上堤修坝，一部分进山砍柴，宪法分在砍柴组，任组长。

这个组有八个人，其中一个人负责买菜做饭，宪法特意挑选了陈队长——也就是大家口中的"白条猪"——来负责这件事。他挑选"白条猪"一同进山是有考虑的——一是"白条猪"精明能干，做得一手好菜，砍柴辛苦，吃好很重要；二是"白条猪"有很好的沟通协调能力，进山免不了要和当地林场护林员打交道；三是自己捏着他的把柄，要是"白条猪"不听话，自己就可以念紧箍咒，随时收缰，紧螺栓。

手扶拖拉机"突突突"向山里进发，从乡间小路拐到公路上，拖拉机的速度起来了，风也变大了，吹得人刺骨冷。车上的人不约而同把棉袄领子竖起来，又勒了勒束腰的草么子。

进知青队一年多了，除了"白条猪"外，这是其余七个人第一次去比镇上，甚至比县城关还要远的地方，每个人都兴奋无比。

宪法取下棉帽，高高扬起，在空中打转转，然后站起身，摇头晃脑扯开嗓子喊道："大山我们来啦！迎接我们吧——"字音还没吐全，就被风给堵了回来。驾驶拖拉机的"白条猪"，扭过头冲宪法喊道："坐下来，不要命了！"

进山的路，离知青队有一百多千米，紧赶慢赶，到天煞黑了才到山脚下。"白条猪"停稳拖拉机，打头阵抢先爬上半山腰，在石头垒起来的简易屋里，支锅架灶，烧水煮面。

等宪法率一众人等进到屋来，他就把热腾腾的面端了上来。灶膛里发出"噼噼啪啪"的声音，火烧得很旺，屋里热气腾腾，让人感觉暖烘烘的。

不知谁冒出一句："这里比知青队冰冷的房间舒服多了，明年冬天砍柴我还来。"

于是附和声一片："我也来。""我也来。"

"白条猪"得意地说："那是，必须整得跟知青队的磨坊一样暖和，晚上休息好了，白天好干活儿。"

宪法瞪了"白条猪"一眼，心里骂他：还好意思在大众面前跟老子提磨坊，真想现在就把你阉了。他嘴上却说："都是陈队长安排得好，赶快吃，吃好了赶快睡，累一天了，明天上山看你们的。"

"白条猪"被瞪了一眼，知道宪法在心里诅咒自己，却不恼不怒——自己在磨坊干的丑事还被瞒着，无人知晓，想必是这位老兄够朋友、讲义气。

正吃着滚烫的面条，"白条猪"突然一惊一乍地说道："弟兄们，不急，慢点儿吃，拿样好东西给你们看！"说着从铺盖卷里拿出一罐猪油来，装模作样闻了一下，深深吸了一口，一脸陶醉的样子，然后又挨个伸到每个人面前，"来，每人挑一筷子。"

这一筷子猪油下去，让一大碗清汤面顿时成为浓汤面。面条变得又香又滑溜，油脂汤面散发出来的香味，把整个石屋浸透了。炉灶发出的火光，把每个人的脸庞映衬得通红透亮。

唯独宪法一个人在想：陈队长要真是头白条猪该多好，那就不是一筷子猪油的事了，趁着一旁锅里开水滚烫，就把他给炖了，那不得把每个人都吃到吐，吃到翻白眼为止呀。看来，把"白条猪"带进山里来带对了，他能干、顶事、考虑问题周到。

屋子里爆出一阵欢呼声："陈队长——乌拉，陈队长——乌拉，乌拉——乌拉。"

欢呼声划破寂静的夜空，除了他们，没有人知道，在这个隐匿在冰冷漆黑森林里的石屋子里究竟发生了什么。

一筷子猪油，不过一小坨白色糊糊而已，竟然让一屋子的男人神魂颠倒，敞怀露胸，如痴如醉，在一瞬间就把极平常的冬夜，变得如此热闹。这破败不堪的石屋子也不再只是躲风避雨的地方，竟是仙境般的存在，是城堡，是乐园。

"白条猪"收拾完碗筷，出门去搬柴。宪法叫停了狂欢，把还沉浸在幻想里的一群人拉回到现实。那个带头喊"乌拉"的知青发现了什么，惊奇叫起来："快看呀，快看呀，这屋里的七个人，不正是现实版的《白雪公主》中的'七个小矮人'吗？"还真是，他这么一说立刻赢来了满堂喝彩。

原来七个小矮人的浪漫不只是存在于童话故事里面，现实中也有。现实中所展现出的童话里的情景，比虚幻的故事可要生动鲜活得多了。

冬天砍柴，关系到开春后的相当长的一段时间里，全知青队烧火做饭的燃料大事，只有多砍柴才不至于断档停炊，否则就要花钱去买柴来烧。知青队没钱，上级政府拨下来的补助根本不够，队里虽有点副业，但只能基本维持生活，赚不到钱。

就说磨坊吧，做豆腐干、千张皮卖不出价钱，顶多是补贴点伙食。后来扩大生产粉丝、红薯粉，既可以补贴伙食，多少还可以赚些。养猪也不行，存栏量太少，自己舍不得吃，除去饲料、人工，即使全部卖了也值不了几个钱，想要多养吧，饲料又跟不上来。

想到这些，宪法睡不着觉，他拉上"白条猪"坐在门口石坎上谈了自己的想法："这些本来不该我操心，只要多砍些柴就算完成任务了。但我不甘心，总觉得有很多事情可以去做，发展副业，拓宽门路，有了钱，才能有肉吃，才不会挨冻。"

"白条猪"说："我也想过，但没有方向，很迷茫。"

"你是副业队长，这是你管的事。每当听到有人叫我'孟四两'，我心里就不好受，不就几两花生米的事，至于吗？但也不能怪给我起绰号的人。刚才你看到了，不过是碗里多了一筷子猪油，大家都疯成什么样子了。"

"孟四两，米四两，饿死也不上茅房。"这首嘲讽挖苦宪法的打油诗，戳伤了他，也激励着他。这一刻，在这个远离知青队的石屋前，他有了更深层次的思索，学会把自己与集体利益捆绑起来考虑问题，在无形间清晰勾勒出了一个宏大的想法。这不为别的，就为了有肉吃，不挨冻。

大雪覆盖了山林。天刚刚亮，由宪法领头，七个人肩扛着冲担，拿着砍刀上了山。七个人沿林间小路排成一行，向密林深处进发。这个情景，像极了七个小矮人走在矿区的泥泞小路上的情景。

走在前面领头的是宪法，就是那个叫"万事通"的小矮人。在童话故事里，万事通相当于 doctor，这个词除了有医生、博士的意思外，还有学者的含义。他被定义成七个小矮人中的领袖人物。

当然，宪法领头的七个人不是为了去救出公主，也没有踏上智斗恶龙的惊奇冒险之路，也不可能遇到小红帽、大灰狼、灰姑娘、穿靴子的猫、巨人、阿里巴巴、四十大盗和美人鱼等各式各样的挑战。他们是去砍柴，目标一致，心往一处想：砍更多的柴，为了一筷子猪油，为了今后每顿都有那勾魂的一筷子。

他们的砍伐不限区域，可以砍枯树，也可以捡枯枝。不一会儿，人就散开去，没入林中不见了踪影。大家中午返回后集中在一起吃饭，上午砍的柴也暂时堆放在这里，下午继续干。收工后大伙儿再把一天砍的柴全部扛下山去。

几天下来，累是累，但大家都一直保持着新鲜感和积极性，加上伙食比知青队好很多，晚上睡觉也暖和，也就没什么了。看到石屋前堆放的柴垛越来越高，大家自然高兴多于疲惫。

但时间一长，他们开始吃不消了。宪法只好在吃上面变花样想办法。他和"白条猪"一道变着法子改善伙食，没菜的时候，米饭吃不下去，就做面食，像葱油饼、蔬菜饺子、馒头切片两面干煎，等等。

宪法瞒着队里，让"白条猪"隔几天拖一车柴到集镇上，换些菜籽油和猪肉回来，猪肉贵的话，就换便宜的猪下水，甚至猪肉皮。宪法始终记得许奶奶那句经典的话："猪放个屁都是香的。"无论什么菜，沾上"猪"字，这饭一定香，好吃。吃饱了有劲干活儿，就有了坚持下去的信心和力量。

看到一车车柴火被运回知青队，砍柴小组的每个人都很高兴。知青们都赞扬他们，老支书和大队长表扬了宪法和砍柴小组，说等回来后为他们摆庆功宴，还说要破只有端午和小年杀猪的习俗，回来就杀，管饱。听到这个消息，砍柴小组的干劲越来越大。

山里天气多变，早上出门好好的，中午起了风，下起淅淅沥沥的小雨，雨里还夹着雪。宪法让大家停工躲雨，等待山下的"白条猪"送饭上来。奇怪的是，过了平常饭点一个多小时，还不见"白条猪"的人影，往日可没出现过这种情况。宪法决定，不等饭了，反正下雨，干不成活儿，干脆收工回石屋吃。

回到石屋后，看到眼前的景象，大家惊呆了。只见"白条猪"砸锅摔碗，手握菜刀疯了似的要往外冲，却被宪法一把抓住，拖回了石屋。

往日干完一天活儿回到石屋，里面温暖如春，饭菜已经准备好了，今天却格外冰冷，一片狼藉。

"究竟怎么回事？"宪法摁住"白条猪"问道。

"妈的，林场知青队的三个小混蛋，也是知青，自家人不认自家人，欺上门来了。翻箱倒柜，指名道姓要吃猪油炒饭，硬是把老子藏了一个冬天舍不得吃的小半罐猪油搜出来，全部划到锅里，炒了油盐饭。"

"确定他们是林场的知青，你认准人了吗？"宪法问。

"烧成灰都认得。一口地道武汉话，长相形容不出来，其中一个个子比你还高，比你胖，像是头儿。"

"好了，吃了饭再说。"

大伙儿七手八脚起火点灶，收拾残局，准备吃饭。

但这顿饭谁也吃不下去。

其中几个躁动不安起来。

"喷嚏精"说："这还了得，干吧！把林场知青队抄了。"
说完还打了几个愤怒的喷嚏，这是在诅咒那三个小混蛋。

"害羞鬼"说："油比命金贵，何况猪油！妈的，拉稀滑肠子的，
不得好死。"说这话时他一点也不害羞。

"爱生气"说："到林场告他们！告抢劫罪，让他们不得返城，
林场待一辈子终老！"他真生气了。

这次算是真碰上四十大盗了。宪法一声不吭，思索着这件事。
他极力说服自己要克制冲动，不要把事情闹大，也想压压其他人
的火。但他做不到。别说其他人的火压不住了，他连自己都控制
不住，咽不下这口气。更不要说当事人——暴脾气的"白条猪"了。

宪法把"白条猪"拉到门外，神情严肃地面授机宜："你和
小金用三天时间，把堆放在这里的柴火，一根不剩地统统拉回知
青队，然后放空车回来，再把老支书那杆火铳带上，记得装满
火药。"

"白条猪"走后，宪法反复思考，足足想了两天。权衡利弊
后他想清楚了，这架一定要打，这个面子得找回来。别的可以不
去计较，但尊严不行；做人要顶天立地，弯下腰来不行；委屈可
以咽下去，但屈辱绝不行。从集体利益着想，如果这次算了，今
后柴就砍不成了；没有柴，漫长冬季就过不去。就算自己能忍受
屈辱，就算不考虑集体利益，单单凭"白条猪"受辱，被迫把猪
油划进锅里这一条，心里这道坎就过不去。这架就得去打！

宪法是万事通，而不是莽夫，对怎么抄林场知青队这一行动，有周密的考虑，并做了精心安排。

他们八个人分三组：五人冲进知青队，为一组；两人守住大门，断后增援，为一组；一人，也就是小金，让拖拉机不熄火在公路边等候，做好随时撤离的准备。连该死的拖拉机经常出现摇不着火的情况，宪法都考虑到了。

行动由宪法指挥。宪法和"白条猪"都在五人组里面。"白条猪"之所以在这个组，是需要他指认当事人。

武器分配：五人组配备两支冲担、一把砍刀、一把火铳，宪法特别规定"白条猪"不得携带任何武器；两人组配备两把砍刀；小金在必要时可以用拖拉机铁摇把作为武器。火铳由宪法掌握，"白条猪"空手去，是防止他杀红眼失去了理智。

分寸把握：一是认准人，不要误伤无辜；二是遇到当事人不能往死里打，点到为止，万不能出人命；三是遭遇对方反抗时，以吓唬为主，不动真的；四是不得动女生一根头发丝；五是我方如果有人受伤，即刻收兵撤离。

一切安排妥当后，第三天晚上他们出发了。出发前，不管平时喝酒的还是不喝酒的，统统都喝了，一人一杯，仪式感得有。说是壮行，其实是壮胆。宪法也害怕，心跳得厉害，举杯的时候，他尽力控制自己不要发抖露怯。

此次行动，不是小事，是大事。出了事他根本担不起这个责任，甚至这条命都有可能抵偿出去。他自己担责事小，伤了残了弟兄们怎么办？怎么跟他们父母交代？

此番带领弟兄们跨出这个门，必定跟看过的武侠演义故事一样，回不了头了。侠肝义胆、攻城拔寨、杀富济贫、义无反顾，古代小说里的一众绿林好汉形象，在宪法脑海一一涌现出来。宪法拿过瓷缸，一昂脖，把剩下的酒一口闷了下去。

林场知青队坐落在山脚下的公路旁。小金将手扶拖拉机停在了路旁边，关闭了车灯，但拖拉机没有熄火，"突突突"的声音在十里无人的寂静林区格外响亮。这巨大响声一方面盖住了他们的心跳，一方面又加剧了他们的心跳。

四周漆黑一片，只有林场知青队的灯亮着。宪法扛着火铳走在前面，"白条猪"空着两手，紧紧尾随。此时"白条猪"感觉很不自在，他本来从拖拉机下来的时候顺手抄起了铁摇把的，却被宪法狠狠瞪了一眼，便放了回去。"白条猪"心想：自己是事件唯一见证人，本该冲锋陷阵，独闯虎穴；现在倒好，像是影视里被日军用枪顶着带路的汉奸伪保长，去村子穷苦老百姓堆里指认谁是共产党，谁是八路军，成了贪生怕死的缩头乌龟。

进了林场知青队，宪法见过来一个女生，准备迎上前问话。这时女生看清了一伙人的来头，惊慌失措，扭头要跑。宪法上前一步，搂住女生，捂住她的嘴，说道："不要怕，不会伤害你，告诉我，男生宿舍在哪里！"瑟瑟发抖的女生，朝男生宿舍方向投过去一眼，宪法和另外四个人迅速冲过去。

　　五个人刀劈斧砍，挨个撞开一个个房门。房间有人亮灯的，"白条猪"立即上前辨认；黑灯无人的，马上到下一间；熄灯已经睡下的，就命令他起床开灯，加以辨认。

　　一番搜查，居然没有发现"白条猪"说的三个小混蛋。

　　"快撤，不要恋战。"宪法果断下命令。复仇心切的"白条猪"心有不甘，夺过一把砍刀，挨个把每间房的窗子玻璃全部砸碎了。

　　宪法也觉得一切都太快，太神速，气还没撒完，瘾还没过足就结束了。宪法把一直斜挎着的火铳端起来，枪口朝前，一边后退，一边说道："同志们快撤，我掩护。"这绝非电影里的镜头，而是实实在在的枪战片。

　　七个人平安回撤到公路旁，但并没有立即离开。他们一个个扬扬自得，如同载誉而归的斗士般，一起朝着林场知青队的方向看过去。

　　只见那里人影幢幢，来回晃动，匆忙慌张，声音嘈杂。靠公路边的每个窗子都透出光亮来。停留了一会儿后，也没见有人追出来，宪法这才下令：战斗结束，收兵回朝。拖拉机朝着自己大本营的方向，快速驶离。

　　尽管突袭林场知青队的行动没有造成人员伤亡，宪法知道这是一次莽撞、超出一般打架斗殴范围的性质很严重的集体械斗事件，已经做好了挨批评、受处分的准备。但事态的快速传播升级，以及高层反应之迅速、态度之强硬，还是让宪法始料未及。

回到知青队第二天的一大早，两辆吉普车停在了大队部前面，从车里下来了几个人。宪法想：从吉普车上下来的人，一定有来头，肯定跟昨晚砸林场知青队有关。他还没回过神来，就被叫到了大队部。

他这才知道，来人是分管知青工作的副县长、县知青办主任、县知青总带队以及县公安局副局长。另外还跟来了一拨人，是坐一辆面包车从公社赶来的乡级负责人。

宪法战战兢兢地述说了整个事件的发生过程。听完他的述说，在场的各级领导没有一个人说话表态。最后，县公安局副局长命令宪法说："走，跟我们一起去林场。"宪法很紧张，不敢直视副局长，问："要不要叫上陈队长，他是当事人。"副局长口气生硬严厉："什么狗屁陈队长，快叫！"随即由副县长带队，一大帮子人火速赶往一百千米外的林场。

林场会议室里坐满了人，双方分坐两边。一边是林场方面的，有林场副场长、知青办主任、知青总带队和林场派出所副所长，还有知青队负责人和代表。另一边是"我"方。双方规格级别对等，阵容整齐。

会议桌正中间坐着两个人，一个是地区行署副专员，还有一个可能是秘书。宪法不知道行署副专员是做什么的，心里想：肯定比坐两旁的人的职务都要高，要不怎么坐中间位置？

会议室气氛严肃而沉闷，当官的一个个正襟危坐。宪法和"白条猪"坐在"我"方后排，他俩哪见过这阵势，早已吓得魂飞魄散。

"白条猪"用指头戳了一下紧挨着的宪法，低声说："你往对面后排看，坐着的三个人，就是那三个小混蛋。中间那个看上去比你高比你胖的，可能是头儿。"宪法恶狠狠地瞪了对面三个小混蛋一眼，拍了拍"白条猪"的大腿说："记住了。尤其中间那个，要会会他。"

过了一会儿，宪法又朝对面看过去，发现中间那个胖胖的人，长得像电影《闪闪的红星》里的潘冬子。这不是红军后代，标准革命接班人吗？看上去白白胖胖、慈眉善目，怎么看也不像欺行霸市、打家劫舍的蛮横恶人。

事件的处理出乎意料的顺利，在行署领导的调解下，双方各自检讨了不对的地方，结果彼此都满意，最后达成相互谅解的协议。协议形成文字，以地区行署名义行文下发。文件是这样定性的：性质恶劣，影响极坏，为本地区所辖，自有知青插队以来第一大械斗事件，因没有酿成人员伤亡事故，属械斗未遂。双方责任认定：林场方责任60%，对方责任40%。责成双方单位对各自的肇事者做出严肃处理，并将处理结果上报各自县级知青办备案。

老支书对事件处理结果表示满意：虽然人家挑事在先，但毕竟我们的人拿着冲担、砍刀，甚至把火铳都带上，冲进人家家里面，毁人家门窗，造成了惊吓，人家反倒还原谅了我们。因此，他想表示歉意，想弥补对方损失，于是找到林场知青队，提出要把损坏的门窗玻璃修复好。

林场知青队负责人很大度，说："我们别的没有，木材多的是，免了。"林场知青队负责人反倒觉得是己方惹事在先，也过意不去，就说："你们那里条件艰苦，我们毕竟是国营的，你们赶两头猪回去吧，算是对猪油炒饭的补偿。"

知青队党支部经过研究讨论，决定对宪法给予行政记大过处分，并要求其在知青队作出书面检查。对于这个处分决定，老支书从心里来说并不情愿。宪法带队上山砍柴，吃了那么多苦，运回来那么多柴，不仅解决了冬春燃料问题，还卖了五千多块钱，为集体经济增了收。五千多块在当时是很大的数字，但功过不能抵，上级有要求，老支书也无可奈何。

还有一个让老支书自责悔恨的地方，就是不该让宪法把火铳给带进山里去。本来双方责任认定时，"我"方责任没有40%的，但因为火铳的加入，属于非法持有枪支弹药行为，也就是械斗凶器里面最厉害的一种。单凭这一条，责任就划到了40%。因此，老支书祖上传下来的心爱火铳，也被公安收缴了，这让老支书心疼了好一阵子。

经过这次事件，宪法迅速成长起来，一年后，他成为知青队大队长。在他的带领下，农业生产、经济作物、副业全面发展，尤其是副业的快速发展，使得集体经济资本积累变得雄厚，富甲方圆百里，从而被县知青办树立为"全县知青队先进集体和青年突击队"，他本人也成为全县的模范知青标兵。

宪法参加了全县知青先进集体和青年突击队会议。会议结束后，分管知青工作的副县长、县知青办主任、县知青总带队单独接见了宪法。

副县长上来问道："你哪年的？"

"1955年的，属羊。"

副县长接着说："年轻嘛。孟四两，你大名远扬，地区上下无人不知无人不晓，干得不错，继续保持。"

"臭名远扬，惭愧，惭愧。今后一定更加好好干，不辜负县领导的期望。"

一旁的县知青办主任、县知青总带队也说了一些赞扬鼓励的话。宪法没见着上次见过的县公安局副局长，如果他在场的话，宪法想问：能不能把老支书的火铳要回来，40%的责任他们已经超额背了，罚也罚了，就别再没收火铳了。那是老支书祖上传下来的宝物，是他把它弄丢的，他要把它找回来。

临别，副县长拍着宪法肩膀："奖励你们知青队一辆四轮拖拉机，你开回去。我已经跟县植保种子站打过招呼，顺便装一车良种花生回去。"

"谢谢领导，我要把这个好消息告诉老支书。"

县知青办主任说："回去路上，花生米管饱，不要说孟四两，就算孟四斤、孟四十斤，只要吃得下去。不过生吃花生米多了，可要拉稀的。"

副县长又补充一句："知青办主任这话是真的，我们县什么都缺，但有两种东西不缺，在全国也是叫得响的，优质花生是其中之一。"

这话宪法相信，不过要是能拖一车优良种猪回去，就再好不过了。但这话他只是心里想，不能说，不然副县长会说："给你配了马，总不能还要给配鞍子吧，你这个贪得无厌的孟四两。这不是无事找事？"

1977 年恢复高考，宪法考进了南方政法大学法律专业。跟他的名字一样，冥冥之中，他这辈子注定要端法律饭碗，吃律师这碗饭。不然对不起自己的名字。

到宪法离开的时候，知青队单说副业，就有一个两百头生猪存栏量的养猪场，而磨坊已成为有一定规模的豆制品加工厂，还有一个油坊、一个小五金加工厂、一个运输队，运输队有好几台车，不是手扶的，全部是四个轮子的，另外还有一个由知青组成的建筑施工队。

用宪法的话说："不是吹牛，如果想吃肉的话，天天都可以。""白条猪"也因为工作成绩突出，人又活络，成了分管副业的副大队长。他常常挂嘴边的话，竟然和宪法一模一样："不是吹牛，如果想吃肉的话，天天都可以。"真是鹦鹉学舌，跟屁跟到了家。"白条猪"这样做是有道理的，宪法不仅把磨坊那件事按下藏起来，还对他处处关照。他能坐上副大队长的位置，也是宪法极力推荐，自然，他言行处事，也唯宪法是从，这也是情理之中的事。

要离开知青队了，老支书想按当地乡俗，请最有名的乡宴厨子，摆宴席，为宪法饯行。宪法没有同意，他不想因为自己的离开，花集体的钱。再说还有那么多知青留在这里没有返城，这样做，等于对留下的人戳心戳肝，让他们心里不好受。

老支书说："不这样做，戳我的心戳我的肝啊，我不好受。""白条猪"的一番话，摆平了这件事："戳什么心，戳什么肝，我来张罗，又隆重，又节省，保证宪法同意。"

宪法感冒了，呼吸不太顺畅，但他闻到了外面飘进来蒸肉米粉的香味，香味中夹杂着特有的腐乳的甜鲜，这是宪法最喜欢的味道。虽然呼吸不太顺畅，他的嗅觉依然灵敏得跟狗似的。这个本事唯宪法独有，靠的就是得天独厚的大鼻子。宪法说，腐乳汁被猪油混合浸润，让蒸肉里充满了甜鲜味，根本不是嗅出来的，而是心里感受出来的。

这就是"白条猪"所说的，既隆重又节省，保证宪法同意的主打菜。蒸肉用的是上好五花肉，不再是上次的纯肥，另外还比平时多了一个汤，心肺汤，这也是宪法喜欢的。这说明"白条猪"

这个人，有心有肺。

宪法离队那天，知青队的人都来了。他上车的瞬间，猛听到"白条猪"起头，随后，大家齐声念起了一首新打油诗："孟四两，米四两，吃了蒸肉再喝汤。"

听到打油诗，宪法不敢扭头，怕控制不住。实际他已经失控了，泪水唰唰往外直流。

六、法律专业的高才生

宪法所在的法律专业班同学，大多数是知青，直接从农村走进课堂，身上还带着泥土和青草的味道。开学差不多一个月时间，同学们逐渐互相熟悉起来。宪法感觉前排坐的叫向丽珠的女生有点异样，总盯着自己看，不光在教室是这样，在食堂、在篮球场还有其他场合也有这种情况。宪法开始留心观察，时间一长，越看越眼熟，总好像哪里见过，但却想不起来。

某日，在学生食堂吃饭，向丽珠见宪法一人坐着，便过去和他坐在一张饭桌上。两人对视的一刹那，向丽珠惊叫了一声："你是不是去过我们林场知青队？"这句话点醒了宪法，他一下子想起来："你就是被我搂住，捂住嘴，告诉我男生宿舍在哪里的那个女生？"

"正是。"

谁能想到当年提火铳、怒闯林场知青队的彪形大汉，和进到林场知青队后遇到的第一个被恐吓的小女生，现在居然面对面坐在一起。

无疑，他们同一天参加高考，填写了同一所学校、同一个专业，然后，同时被录取，又被分到同一个班集体。这种情况，有着太多巧合了。但宪法兴趣点不在这里，他感兴趣的是，这个女生，不，向丽珠同学，怎么认得出他？

"简单呀，你五官写得明明白白。当时我吓傻了，虽然惊恐万状，但瞥你的那一下，还是看到你异于常人的地方。"

"你是说我的鼻子？"

"你说呢？这话你自己说的，我没说。"

"没事的，我的绰号就叫大鼻子，路人皆知。"

"大鼻子，不，孟宪法同学，我们现在就是同学了，你比我年长，以后得管你叫师哥。"

"真是不打不相识啊，向丽珠同学。"

"不，是冤家路窄、狭路相逢好不好，孟宪法同学。"

宪法后悔没有顺着向丽珠的话，叫声"师妹"，这样一来，就可以不露痕迹、自然地拉近与她的关系。

宪法喜欢"师哥"这个称呼。宪法朝向丽珠望去，当年因为惊悚一幕被吓得扭曲的脸庞，现在全然不见了。她有着一头乌黑长发，白白净净的，装束也是宪法喜欢的样子，清爽，得体；整个人看上去很秀气，而且秀气里还透着知性、温婉，仪态一点不忸怩。

瞬间，他脑海里出现一个幻象，闪现出一个人来。那就是小时候同他住一栋楼的画家的小女儿。她穿着小花裙，头上扎个漂亮小蝴蝶结，喜欢旋转着撑开小花裙，走路时总是一颠一颠、跳着走，像只美丽的蝴蝶，飞来飞去，身上散发出香甜味道。那小女儿慢慢长大，芙蓉出水，化成了眼前的丽珠师妹。

那一刻，宪法内心被狠狠撞击了一下。他明白这种撞击是怎么回事，就此认下了这个小师妹。

这学期结束放暑假了。宪法想约丽珠一起去旅游，丽珠说不行。丽珠要趁暑假去一趟林场知青队，把复习资料给还在那里的知青送过去，有好多去年没考上的人今年还要继续考。

宪法对丽珠说："我陪你去。"

丽珠说："量你没有这个胆，那些男生会生扒了你。"

"有你在，不会的。"

"有我在，才会。"

宪法没有明白丽珠这话的意思，丽珠却明白宪法的意思，同时料到他没有明白自己话的意思。自从上次学生食堂两人师哥师妹相认后，丽珠已经感受到了宪法的内心波澜，其实丽珠对宪法也有好感，但她自己清楚，只是好感而已，不会进一步去发展，她已经有男朋友了。

宪法察觉到丽珠话中有话，想问是怎么回事。丽珠觉得现在该把实情告诉宪法。

"你们那晚杀进知青队，是不是意在报复那三个用猪油炒饭的男生？说来也巧，三人离开你们住的石屋后没有回知青队，而是去了林场另一个知青队，在那里过的夜。你们突如其来像土匪般一顿打砸，把整个知青队的人都搞蒙了，不知道究竟发生了什么事，也不知道究竟谁干的。直到第二天一大早，三人回队才知道怎么回事，这三人正商量集结队伍杀到你们知青队的时候，接到林场公安局紧急通知，要去场部开会，这才没有去成。"

"当时林场会议我参加了，见到了那三个小混蛋。他们跟土匪似的强迫我们的人用猪油炒饭，我们当然要杀上门复仇。现在好，他们反倒要杀上门来，岂不反了。"宪法说道。

"这三个人，没有你想的那么坏，并不是恶人。逼着你们的人做猪油炒饭，扮地头蛇，学劫匪，不过找乐子、寻刺激罢了。林场实行半军事化管理，他们被管得死死的、被束缚住了，业余生活枯燥乏味，所以被逼成了这个样子。林场条件还算不错，我们知青队时不时有肉有鱼调剂，不缺油水，伙食没有差到需要去干偷鸡摸狗的下作事来补充的地步。"

丽珠接着说："你还别不信，这三个人里有两个跟你我一样考上了大学，还有一个考上了中专。其中一个胖胖的，就考到我们学校旁边的林业大学植保系。干脆跟你挑明了吧，这个长得胖胖的，是我男朋友。”

宪法想起来了，在林场会议室看到过那个胖胖的，长得像潘冬子的那个人。丽珠后面一句话把宪法搞愣住，不知如何去接话才好。

丽珠的话语风头压住了宪法，继续往下说就有些呛了："胖胖跟我一起去林场知青队，你还去吗？”

"潘冬子去，我当然不去了。”

"潘冬子谁呀？”

"胖胖呀。”

"巧了，胖胖小名就叫冬子，不过不姓潘。”

对宪法来说，这段刚刚找到感觉的短暂经历，没开始就结束了。不过他并没有被伤害到，毕竟还没有发展到刻骨铭心的地步。

宪法喜欢丽珠，丽珠是不是喜欢宪法还不一定，因而不存在分手的问题，但有这段过往也很好。他们现在是同学，可以是最好的同学，后半辈子始终以师哥师妹相称相处，这样也很美好。

林场知青队宪法肯定不去，但出于好奇，他想另找个时间会下"潘冬子"。这个要求，被丽珠断然拒绝了。

虽然丽珠拒绝了宪法提出见"潘冬子"的要求，但她把奇遇告诉了男朋友，这又引起"潘冬子"急切想见宪法的极大兴趣。丽珠回头又告诉宪法，说"潘冬子"也想拜会一下你这位绿林好汉，想近距离看看你长什么样，是不是手持火铳、凶神恶煞的刀疤脸。

话经丽珠传来传去，意思倒是没有走样，却把两个仇家撩出点相亲的感觉来。

丽珠说："我当然不能同意。仇人相见，分外眼红。一个是我男朋友，一个是最好的同学，真要动起手来，如何是好？"

宪法回："怎么可能？那是什么年代、什么环境，搁现在打不起来。"

"不过，我是说假如，当年你们闯进知青队，真要是对上'潘冬子'，会怎么样？"

"还用说，给剐了。不过根本用不着我，我身后的白条猪肯定先我冲上去，出刀动斧。"

"凶残。"丽珠听不下去了，宪法却还想说。男人炫耀起过往来，不管好事坏事，都会不着边际地夸大其词，更何况在心仪的女孩面前了。

"不过我可不是'手持火铳、凶神恶煞的刀疤脸'，要说我这个人还是蛮帅的，高大硬朗，只是鼻子大了点。"

"正常情况下是这个样子，作案时穷凶极恶，面部表情必然凶神恶煞、丑陋至极，这是常识，是本能反应，亲爱的法律男。幸亏那晚他们三个不在，倘若在的话，他们真出了事，你们脱得了干系？如果闹出人命，还不得一命抵一命。"

比起丽珠来，宪法嘴拙，差得不是一点半点，思维也跟不上，总是慢半拍。

四年很快过去了，丽珠铁定能保研。宪法肯定保不了，也不想去考，他只有一个想法：尽快去工作，用自己所学的专业知识服务社会。宪法知道自己性格好动，不适合长久处于安静的研究工作中，他骨子里不甘平庸，实际上又摆脱不了平庸。所以，当司法局来学校招人的时候，他就去了。

宪法被分配到了司法局下属的律师事务所。

七、为猪立块碑

到律师事务所报到前，宪法想去彭场监狱看望一下白条猪。他读大二的时候，白条猪出事了，听说他在棉花地里强暴了当地一个姑娘。也有人说邻村一个包工头为了承包工程，陷害栽赃他，白条猪是被冤枉的。总之，他被法院判了九年有期徒刑。

当时，老支书不相信白条猪会干出这种事，认为他是被冤枉的，就想到宪法学法律，在省城关系多，兴许可以找到青天大老爷，把冤案翻过来。老支书还知道，宪法的爸爸在省城当官，是法院的大领导，应该说得上话，帮得上忙。

但宪法毕竟只是个大二的学生，以他当时所学的法律知识以及人脉关系，即使是冤假错案，就操作层面而言，他无论如何是力所不及的。他压根也没有想去找老爷子走路子，只是觉得对不住老支书所托，也对不住白条猪。

但如果不掺入情感因素，纯就案件来判断，在白条猪是"主动"作案，还是被"冤枉"之间做选择的话，宪法会选择前者。因为白条猪有作案"动机"，有曾经在磨坊裸露的前科，干出这种事来的可能性是存在的。

作出这种判断对宪法来说很痛苦，也很纠结，当然，这也是基于磨坊裸露事件受害者的遭遇。后来听说，那个进磨坊见到赤身裸体白条猪后，吓得惊恐万状跑出来的女生，受了刺激，得了精神病。她返城后没有工作，多方治疗不见效果，已经疯疯癫癫。白条猪造的孽，做下伤天害理的事，把一个好端端的姑娘给祸害了，这是无论如何不可原谅的。

但作为曾经一起战天斗地，在苦难中有福同享、有难同当的好兄弟，宪法又希望他是被冤枉的。虽然现在宪法已经大学毕业，但毕竟还是新手，还很稚嫩，他有很多想法，也有很多案例可以分析判断，但这些仅仅停留在书本上。法律条款不相信这些，伦理道德不相信这些，司法实践更不相信这些。宪法相信唯有一点没有错，相信法律，相信法律的公正。

在去彭场监狱的路上，宪法想，见到白条猪该说些什么，但想了半天没有头绪，于是盘算起白条猪的刑期来。他读大二的时候白条猪被判刑，现在自己毕业了，白条猪已服刑二三年了，还要在监狱里面待六七年。

有没有可能在减刑方面做点工作？他觉得可以试试，不管行不行，总要为朋友做点事。白条猪如果能早一天出来，就少遭一天罪，就早一天获得自由。宪法给白条猪带了两条烟，还特意备了两小罐猪油。

宪法知道知青队已经撤销了，所有知青都已返城，原来的房子没了，土地没了，副业没了，一切都成为过去。这块不算太贫瘠的地方，历史可能会不轻不重记上一笔，但要不了多长时间，当地老乡就会忘得一干二净。但在这里战天斗地、奉献青春年华的知青则不会。

物质的东西没了就没了，精神的东西，刻在心里不会被抹去，会被铭记一辈子。宪法想起了那只死猫，想起了磨坊里那个叫"摇包"的小个子来，不知他现在去了哪里。他还想起自己"孟四两"的绰号和那首打油诗，想起了花生糖，想起了杀年猪吃到吐的、纯肥的粉蒸肉，还想起了老支书和老支书那杆心爱的火铳。

有一个好消息让宪法特别兴奋，他一手办起来的养猪场还在。知青队被撤销后，养猪场的权属划归到公社农办，性质变成国有的了。公社农办接手后，养猪场几经扩建，已经具有相当规模，生猪存栏量超千头，这个规模在当时全县公社一级来说，算是很大的了。农办还派了专业畜牧技术人员进行科学饲养，育种繁殖。养猪场的存在与发展，带给宪法极大的慰藉，这成为他这段难忘的知青经历所留下的唯一实物见证，为他一个奇异想法的萌生提供了最原始的出处。

宪法想给猪立块碑。

从小到大，宪法对肉的印象就格外深刻。小时候他以为有肉吃，就是生活的全部，为了吃到肉，甚至可以以命去抵。长大后的几次打架，起因或多或少都跟猪肉扯得上关系。

当了律师的宪法开始理性地思考一个问题：为什么猪（也包括牛、羊）滋养着人类，成为人类生活中须臾不可或缺的食物，人类却没有把它们当回事？不就是因为它们太卑微、太不起眼，因而可以被肆意践踏、任意宰杀吗？

不当回事也就算了，那些诅咒猪的人，一边酒肉穿肠、满嘴流油，一边又把那么多难听的词强加在猪身上。什么猪朋狗友、猪狗不如、辽东之猪、肥猪拱门、猪卑狗险，还有死猪不怕开水烫等，不胜枚举。

进而，宪法联想到了熊猫，拿熊猫跟猪作比较。圈养的大熊猫生活条件优渥，犹如在天堂，被宠着惯着，结果懒成什么样子了？它们大手大脚花着人类的银子，还被称为国宝，不就是因为它的憨态可掬具有观赏性（宪法对动物遗传研究以及动物保护知识为零），哄着人类开心嘛，除此之外还有什么？这不过是人类吃饱饭后的一种娱乐消遣层面的需求罢了。

但这根本就不是个理性命题，荒唐而幼稚，完全是伪命题。但宪法不管这些，他还搬出许奶奶的金句"猪放个屁都是香的"

来佐证。

　　其实世间最质朴、最粗陋的话语，往往蕴含着深刻的道理，只是不被人们重视，反被所谓高雅者嘲笑不屑。这不公平，他要为猪正名，还猪一个公道。

　　宪法已经想好为猪立碑安放的地方，就在养猪场不远的小山坡上。但碑文怎么写才能够把想表达的意思表达清楚，倒是让宪法费了一番脑子。

　　有一天翻书，他偶尔看到了一句话："一切微不足道，视而不见的存在，才是永恒的存在。"这句话，正是他寻觅已久想要的，就把它当作了碑文。

　　即将成为一名律师的宪法不想以西装革履、一本正经的形象开始自己的职业生涯，不想像父亲那样，把忧国忧民贯穿一生，把正气刻在脸上。

　　他没有长期职业规划，随性，是他的性格特点。用现在的网络语言来形容，就是"佛系"性格。

　　但他继承了"孟宪"特质，那就是：勇猛刚强，意志坚定，具有突破万难的意志。然而，该自律的时候要自律，他也要提醒自己，不能过于任性，过度刚直而变得固执。

　　只有坚持不断地修炼，才能不辱没"孟宪"积极向上的内涵。从这点上讲，他又很像他父亲。以前他一直认为自己选择律师职业不是受父亲潜移默化的影响，可是现在他改变了看法，他信了。从父母给自己取名那天起，不管愿不愿意，他今后的职业生涯，注定要沿父亲的路走下去，想改变，不容易。

八、任职林场法务部

十几年律师生涯一下就过去了，当律师事务所改制，兴起合伙人制的时候，宪法一点兴趣也没有了。以他的专业背景和从业资历，成为律所的合伙人，甚至高级合伙人是够资格的，但他没有走这条路。

向丽珠研究生毕业后，被分配到省林业厅政策法规室，在这个部门工作几年后，她辞职回到了当年做知青时的国有林场。

这时不得不说到她丈夫了。丽珠的丈夫在林业大学植保系毕业后，放弃留省城工作的机会，主动要求去当知青时的林场，从基层技术员干起，一直干到林场分管技术的副场长。夫妻长期分居两地，家庭、子女教育都是问题，最后丽珠妥协，也去了林场。

丽珠刚去林场时，也是被安排在政策法规室，后来林场改制，成立了法务部，丽珠被聘任为法务部主任，成为这个大型国有林场的重要管理层。

随着林业系统一系列改革政策的出台，各种相关政策法律问题，比如山林承包、经济林砍伐、木材加工等法律纠纷不断涌现，作为法务部主任的丽珠，整天忙得团团转。业务量增加后，专业人手明显不足，她便想到了师兄孟宪法。

宪法毫不犹豫地接受了丽珠的邀请，来到林场，担任法务部副主任。宪法受邀时，提出了一个要求，希望把白条猪带过来，在林场安排一个工作。

白条猪刑满释放后，回到自己出生的城市，但十多年来一直没有单位肯接收他，日子过得很艰辛。他这样的身份，要在林场安排工作也不容易，丽珠多方奔走，总算给他安排了护林员的工作。有了一份工作，白条猪很满意。现在林场的条件今非昔比了，回城也很方便，白条猪可以两边兼顾。

宪法始终没有忘记潘冬子，想见他，可一直被丽珠拦着。但越是这样他越想见。现在好了，是丽珠邀请在先，"潘冬子"成了宪法的同事又是上司，想不见都不行了。

"潘冬子"真名叫郑小冬，丽珠叫他冬子，但只是在家里，在单位还叫他郑场长。宪法则不行，哪里都得叫他郑场长。宪法到林场一个星期都没见到郑场长。丽珠说他去省委党校学习了，两个月后才能回来。

一个周五的下午，宪法来到丽珠办公室，问当年林场知青队还在不在。丽珠说："保留着，现在成了林场第三子弟中学，想去看看吗？"

周六上午，丽珠陪宪法去了林场三中。从场部到三中有三四千米路程，丽珠要开自己的车去。宪法说："不用了，走去。"路上不时有四轮宽胎的"蹦蹦车"从身边驶过，这是林区常见巡山用的。丽珠问宪法："要不要叫一辆，试乘一下？就当观光车来坐，如果想试驾，也可以。"宪法说："算了，哪有心情观光，还是走去的好，正好熟悉熟悉这里的道路，找一找当年上山砍柴的感觉。"

这条路丽珠再熟悉不过了，不论知青年代，还是林场工作时期，这辈子，她除了大学和省厅的那几年，几乎都贡献给了林场。丽珠还是这所学校的校外义务普法宣传员，不论工作多忙，她每周都要过来一次。这项义务志愿者工作，宪法做也合适，而且跟他名字也吻合。后来他真的被学校聘为普法宣传员了。

他们远远就听到学校传出的锣鼓声和高音喇叭声，显得热闹异常。进到里面一看，操场上一个个方块阵，黑压压一片，他们这才知道，学校正在举行校级运动会。

三中已经完全不是当年的知青队时的样子了，原来低矮破旧的砖瓦房被气派的六层教学楼所取代，体育馆、图书馆、食堂、学生宿舍、足球场一应俱全，比省城中学还漂亮。

当年扛着火铳率队疯狂闯进林场知青队的情景，在宪法脑海一幕幕闪现。宪法看了身边的丽珠一眼。丽珠直视过去："内心涌动，心潮澎湃，感慨万千吧？"

"是的，当年怒闯林场知青队，第一个撞见的就是你，慌乱之中搂腰、捂嘴，有过亲密接触，算是手吻了。没想到，后来成为我师妹，几十年后又成为我的顶头上司，尊敬的林场法务部向丽珠主任。"

"打住，打住，你话多了吧。等下有更好看的。"

高音喇叭里传出主持人的声音："下面由林场党委副书记、副场长郑小冬同志宣布校运动会开幕。"接着喇叭里传出低沉浑厚的开幕词，操场上顿时沸腾起来。

在学校会议室里，宪法终于见到了郑小冬。郑小冬先开口："欢迎来林场工作，当年就在这个地方，你没砍到我；现在这地方我管辖，我做主，你横卧砧板，任由我砍了。"

一句话，气氛立刻轻松活泼起来。宪法一米八五的个头，但朝郑场长看过去，眼睛得往上挑一下。原来虚胖的"潘冬子"跟眼前高大结实、力量十足的郑小冬，形成了强烈反差，像一堵墙似的，把宪法吓了一跳。他暗自庆幸，亏得那晚郑小冬没回知青队，要是回了，被砍倒的，指不定是谁呢。就他这身板，火铳未必能穿透。

"郑场长。"宪法刚要开口，却被冬子堵了回去。

"叫我冬子好了。"

"那就叫冬子场长。"

"我是不是得叫你大鼻子律师？去掉场长，就叫冬子。"

宪法白了一旁的丽珠一眼，"大鼻子"的绰号自从知青队出来就没人叫了。冬子这么一叫，既陌生又亲切，而且从冬子嘴里喊出来，意义完全不同，瞬间拉近了俩人之间的距离，他们仿佛很久未见面的老朋友重逢了。

宪法的脸上有一丝惭愧之情掠过。与冬子比，他觉得自己哪儿都不如，职位不如，身高不如，还没有他帅气，也没有他优秀。想起读书的时候追求丽珠的事，看来是自不量力了。他不得不佩服丽珠，好眼力，有远见，并且羡慕她好福气。难得在男人面前低头认输一次，宪法要请冬子吃饭。冬子推说工作忙，请假参加了校运动会开幕式，完了还要赶回党校。他还说，不让宪法请，等学习结束，要在林场最有特色的餐厅，由他做东来请。

分开时冬子冒出一句："到时请你吃，猪油炒饭，这份情欠很久了，得还，记得把白条猪叫来一起。另外告诉白条猪，他已经转为林场正式职工了，由护林岗转到多种经营部，这样更能发挥他的特长。"

宪法又提出，到时能不能把当年和冬子一起在石屋让白条猪炒猪油饭的另外两人也都叫过来。

冬子说："都忙，就免了。"

三年后，冬子升任林场党委书记、场长。又过去两年，宪法因能力强、成绩显著，被提拔为党委副书记、副场长。

年轻时上山砍柴，因半罐猪油结怨。没有想到两人人到中年，却成了这个大型国有林场的一、二把手，统领十多万林业职工。

虽没有大兴安岭的辽阔壮观，没有塞罕坝的隽秀精致，但林场有林场的灵秀，林场有林场独特迷人的地方。冬子的感悟自然有别于宪法，他对林场的感情更多体现出的是情怀，是恨得死、爱得深那种融入骨子里面的东西，深邃而久远。

宪法没有这么深刻，还达不到冬子的境界高度。他的工作重点在林场的党建、法制建设上。受到了冬子的感染，他的认知逐步向他接近靠拢，但对林场、对大山的感知还停留在肤浅层面。对他来说，林场给他的印象很像他对丽珠的最初描述：一头乌黑长发，白白净净的，装束也是他喜欢的样子——清爽，得体；整个人看上去很秀气，而且秀气里还透着知性、温婉，仪态一点不忸怩。

但一个有着十多万职工的偌大国有林场，这么重的担子压在肩上，与小家碧玉的浪漫隽秀印象并不相称。他必须得有年轻气盛、扛火铳怒闯知青队的狠劲，才配得上这么重要的位置，才扛得起肩上的千斤重担。

丽珠退休了，她说她正在写回忆录，写的不是自己，而是冬子，她替冬子代笔。宪法想：如果写冬子，回忆录开头一定会从猪油炒饭写起，这是避不开的，也一定少不了对林场知青队被突袭的情景的描述。一旦写到这个地方，无疑自己就会成为故事主角。可以肯定，其中会出现大段关于知青经历的回忆和叙述，这样一来，自己就可以与冬子角色平分，各占一半篇幅了，好歹蹭个热度，混个脸熟，至于其他章节，就没自己什么事了。

山还是那座山，林却早已不是那片林了，从知青时期的幼苗，已经长成参天大树，成为国家的有用之才，宪法和冬子这两个人高马大的壮汉，这辈子注定交给这片山林了。

这是历史的选择，赋予了他们使命，让他们重任在肩，他们不是想走就可以走的。这又是他们自己的选择。

"青山处处埋忠骨"。就是这地了。

这样的结尾，是宪法想象中，丽珠写回忆录的结尾；换句话说，是他希望的结尾。但如果丽珠执意不这样去写，宪法想告诉她：这是最真实、最感人、最有力量的文字，虽然低沉悲壮了点，但绝对不是虚构出来的。用得着的话，照录就是了，版权归你。

但他转念一想：她用得着我教吗？以丽珠的资质，一定会这样去结尾的，道理很简单，她也是这样走过来的。大家有共同的经历，有一致的目标，还有不懈的追求。

孟宪法用自己的积蓄，在林场第三子弟中学，也就是当年手提火铳率队冲进林场知青队的原址建起的中学，设立了一个资助优秀学生的基金，叫"大鼻子助学基金"。基金设立以来，已经有一批被资助的学生考进了大学，其中不少考生选择了跟林场业务相关的专业。冬子、丽珠夫妇积极响应，为助学基金捐了五十万元。白条猪得知消息，也捐了一万元。孟宪法还在考虑，筹划在林场子弟小学也设立一个助学基金，从更小年龄的孩子抓起，为未来林场的发展培养林业后备科技人才。他也希望能有更多的人来关心支持这个基金。

拆字人生

　　本篇人物：晏弗贝——原"星耀班"学生，某三甲医院副院长，主任护士职称，曾荣获"南丁格尔奖"提名。

　　贺梅子把文章发给我的同时，还附了一页说明：晏弗贝是我从小玩到大的闺蜜，也是"星耀班"的同班同学。弗贝这个奇怪拗口的名字，是她外公取的。新中国成立前夕，因特殊情况，她外公移民去了美国，定居在宾夕法尼亚州的费城。当得知国内的外孙女出生时，家里人让远在大洋彼岸的外公赐名。他灵机一动，把"费"字拆开来，叫了"弗贝"，小名贝贝，又洋气又有意义。旅居海外，游子思乡，只能通过拆字来缓解思乡之苦，可见这位外公有多么眷恋故土。

　　弗贝还有个姐姐叫西贝，名字也是这么拆出来的。那是源于她外公祖上在陕北一个叫贾家大湾的地方，湾里人都姓贾，于是她外公索性把"贾"字拆开来而得"西贝"，小名西西。

　　外公拆字取名是高手，以至于湾里人都尊他为拆字大师。打那以后，贾家大湾但凡添丁进口，都要请他赐名。

贺梅子还说，毕业这么多年，晏弗贝很想念同学们，但"自卑"贯穿了她这一生，她内敛的性格让她把自己禁锢在一个很小的圈子里。人少怯生，人多怯场，用现在的网络语言说就是"社恐"。贺梅子之所以要写她，是想让同学们都知道她，了解她，既然是"星耀班"的一分子，就不能落下她。以她的成就，《老去的样子》里没写到，作为续集的《老去的风景》里就应该有她的章节。她的成就配得上。

下面是贺梅子的正文。

我家和晏弗贝家是世交。我爷爷和贝贝的外公彼此认识，但没有什么交情。我和贝贝认识，是因为我父亲和贝贝的母亲在一个单位工作。

贝贝小学一年级时就和我是一个班的好朋友，每天我们都一起上学，放学也一起回家。

到了三年级，我们已经认识不少字了，有一天放学回家路上，我对贝贝说："你的姓好奇怪，名字也奇怪，你姐也是。"贝贝告诉我："我跟姐的名字，都是外公取的，他在很远很远的地方，我从来没见过。"我说："名字真好听，哪像我们，梅呀，桃的，要么水果，要么花，还有芳呀莉的，难听死了。"

贝贝又告诉我："我妈妈说，我外公最会取名字，会把一个字拆开两半来，就成了一个人的名字。"

我就是从贝贝的姓这里认识了"晏"字，知道怎么写，怎么发音的。我说："你外公这么会取名，为什么不把你的姓，拆开两半当你的名字，一个'日'，一个'安'，叫'晏日安'不好吗？"

贝贝说："这多难听，像男孩子名字，我才不要呢。"

我说："也是。不过意思好呀，日安，日代表天，就是天天平安。"

贝贝突然捂着脸惊叫着说："天啊，你是鬼还是妖，我弟就叫晏日安，也是我外公给取的。不光姓掰得好，意思也好，和我爸爸的工作也扯得上关系。"

这真是神奇的想象。我觉得自己真聪明，反应这么快，居然可以把这么复杂的文字游戏搞清楚，还可以举一反三。按照这个思路推下去，如果姓"费"就叫费弗贝，姓"贾"就叫贾西贝，这也不是多难的事，但要叫得好听上口，意思还得对，分得出男女，那就难了。比如贝贝和她姐，就不能用姓来拆名字，否则，她俩看上去就是邻家姐妹，没有血缘关系了。她们的名字妙就妙在，同一个姓，名字不同，但外人一看就知道是姊妹俩，还是血亲的。

有了这个惊奇发现，我兴奋地对贝贝说："我姓贺，是不是可以学着你外公，把'贺'字拆开来，改名叫'加贝'。你叫弗贝，我叫加贝，我俩就成了亲姊妹。"

"那我姐西贝算什么？"

"那就仨姊妹吧。"

"仨姊妹，姊妹仨，加弗西来，西弗加。"不就成了一首拍手歌嘛。

两只"小花鹿"，沿着马路牙子，一蹦一跳，唱着自创新编的拍手歌："仨姊妹，姊妹仨，加弗西来，西弗加。"我们玩着拍拍手，一遍又一遍地唱着回了家。

这一天是我长这么大以来最开心的一天，也是最开心的一次放学回家，比期终考试得了双百分还要开心一百倍。回家后，我对妈妈说："我要改名，叫加贝。我，贺梅子从此不叫贺梅子，叫贺加贝。"妈妈瞪了我一眼，说："发什么羊癫疯。"爸爸直接用菜刀剁砧板，说："欠揍，不是加贝是加倍，欠揍加倍，挨打翻番。"

成年后，我无数次回忆取名这件事，总像是在昨天。生活要是总像玩拆字游戏这样开心该多好，生活要是也能够拆分，把不愉快的划一边，把开心的留下来，该多好。当然，这是不可能的，只是孩童天真的想法。

一天晚饭的时候，在饭桌上听到我爸跟我妈说："贝贝妈妈离婚了。"听到这话我着急起来，就问："那贝贝怎么办？"我爸说："这是大人的事，小孩不要插嘴。"

　　那个年代讲究出身，贝贝的外公在海外，又有所谓的历史问题，导致贝贝妈在单位里抬不起头来，后来嫁给了同一个单位的人保科科长。科长根正苗红，长得也还帅气，贝贝妈相当满意，这相当于找了一顶红色保护伞，从此贝贝妈抬头做人，单位同事对她也不再避之不及了。

　　但时间一长，科长忍受不了他的邻居们了，他们要么是"刘有余"药堂的老板，要么是"鑫开泰"的老板，还有"华新园"的老板，与一堆资本家凑一起，他唯恐自己迟早会被染黑。这不等于坐在汽油桶上，指不定哪天引爆了，这顶红伞就变成了黑伞，人保科科长连自己都要保不住。

　　照理说，婚前贝贝爸应该想得到，贝贝妈嫁给他无非想找个保护伞，可现在身处险境自身难保，哪还保护得了妻子。更危险的是，那个年代有一个在美国的老丈人那还得了，这是个政治风险极大的事情。他必须要有足够的抵御风险的心理准备和责任担当。除非他对贝贝妈忠贞不渝，铁了心非她不娶，否则婚姻很难维持下去。

　　听说，西西跟贝贝被判给了妈妈，爸爸带着小弟日安。我爸正说着，有人来敲门。贝贝哭着进来了。她哭得很伤心，说："我爸和我妈打起来了，我怕，不敢待在家里。"

　　我把贝贝领到我的房间，我不知道怎么去安慰贝贝，放学路上能拆字自创拍手歌，自以为无所不能的那个我，遇到这种事也傻傻地蒙圈了。我问道："你姐西西呢？"贝贝说："西西拿着擀面杖，帮妈妈一起对付我爸。"

这晚贝贝没有回去，跟我睡一张床。

读到小学五年级的时候，"文化大革命"开始了。当时的我们都还是不谙世事的懵懂少年。由于学校经常停课，正常学习被中断，贝贝就成了她家里的使唤小丫头，承担了小小年纪本不应承担的全部家务。

这个时候的贝贝，已经感受到了家庭变故带来的不适和恐慌，好在身边有妈妈和姐姐，还有做不完的家务活等待去做，也就没觉得不适和恐慌有多么可怕，而且她相信这一切很快就会过去。

贝贝妈带着两个女儿过着艰难的生活，在混乱孤独的环境里，这个"女儿国"倒也不缺乏温情暖意，只是欢声笑语里总带着些勉强和酸涩。

接下来的日子里，贝贝明显感觉到妈妈和姐姐的陪伴越来越少了，贝贝妈经常发无名火，把气撒在贝贝身上。以前温柔的妈妈甚至还动手打起人来。西西，也只是旁观，不能保护她，本来亲热的姊妹俩也变冷漠了。贝贝不理解妈妈为什么会变成这样，也不明白姐姐为什么也如此。后来，她才知道，妈妈辞去了工作，她实在忍受不了单位同事异样的眼光和闲言碎语。姐姐也受到影响，没有心思再学习，初中没读完就辍学了。

贝贝这个年纪还想不明白这些事，也就不去多想大人的事了。她管不了这些，反而是干活儿越来越勤快。一回到家，她就打扫房间，拖地洗衣，生火做饭。贝贝所做的一切不再是被使唤的，而是心甘情愿把这些当作快乐的事情在干。那时看着她小小年纪、小小个子做这些事，我感觉她很可怜，但贝贝不觉得。她的独立、能干在一天天的成长中形成。这不是有人教她的，身边也没有榜样可学，这一切都是环境教她的。

这个年纪是性格逐步定形的时候，同时又是小女孩变得叛逆的时候。身处这样的环境，向好的方向看的话，倒可以培养人独立决断事物的能力，以及为人处事的方法，形成善良、坚毅的性格；但向不好的方向看的话，则可能让人变得狭隘、自私、冷漠、固执己见。

人的一些特质习性，不是可以培养出来的。身处特定环境，路子走对了，走正了，人的特质就像钱存在银行一样，随着时间推移，会增值，让人终生受益。

大概就在贝贝快要上初中的时候，一天，西西带了个男生来家里。当时妈妈不在家，西西说是个朋友。贝贝还不知道西西说的朋友，是哪种朋友。在贝贝的概念里，朋友只有同学一种。于是她就想：姐姐的朋友是客人，要是留下吃饭的话，就多炒一个菜吧。正当贝贝准备菜的时候，贝贝妈破门而入，直接从大门冲进厨房，抄起擀面杖就朝西西打去。西西不躲，迎了上去，用胳膊隔住了擀面杖。她一句话不说，拉着朋友就出了家门。只听到妈妈气喘吁吁、歇斯底里地嘶吼："你走！走得远远的，永远不要回来！"

西西真的再没有回来。直到贝贝离开家，去农村插队的时候，在火车站拥挤的送别人群里，姊妹俩才匆匆见了一面。这已经是差不多三年以后的事了。

很快，我和贝贝就初中毕业了。当时有两种选择，一是读高中，一是去农村插队（在城里参加工作也算），贝贝坚决要求去农村，不是她不想读高中，她实在不想在这个家里待下去了。我清楚地记得她跟我说："真没法待了，再下去，我妈没疯，我要疯了。"

贝贝异想天开，甚至做了这样的打算，假如这两条路都走不通，就去美国找外公。不就是隔着个大西洋嘛，再难再远都不怕，就算爬，她也要爬过去，不信到不了。

即使生活在这样的环境里，附着在贝贝身上的特质也没有变。贝贝想尽快结束这一切、离开这个家的想法可以理解，一走了之很容易，但从长远来看，考虑到现实中尚未发生的、不可预测的、更加艰辛的未来，没有什么事比读书更重要的了。

权衡利弊后，贝贝最终还是上了高中，和我分在一个班，也就是后来的"星耀班"。

儿童和少年总是无忧无虑，那是因为他们没有经历过忧和虑的生活，但贝贝不同，她经历了。家里的变故，父爱的缺失，妈妈的冷漠，姐姐的出走，无不对她的心灵造成了伤害。

"好在一直有贺梅子陪伴，有人可以倾诉，有地方可以排遣，我就没有把不满、愤怒甚至仇恨淤积在心里，从而导致情绪上的不稳定，性格上的偏执。自私、冷漠、仇视都是这些情绪堆积起来的结果。"

这是很久以后贝贝说给我听的。她说这话时眼里泛着泪花的神情我到现在还记得。于是我说："我有那么成熟吗？你这是在夸我吗？"

1974年高中毕业，贝贝插队去农村前，贝贝妈给贝贝找了个后爸结婚了。这个人姓甄，是个东北人，大高个，原来是辽宁鞍钢的高级工程师，因为支援武钢一米七轧机工程，在武汉安下了家。

对于妈妈的婚姻，贝贝表现得很平静，对妈妈给自己找个后爸，她没有说好也没有说不好，既不热情，也不冷淡。她想自己反正就要去农村了，妈妈有个人照顾挺好的，也算是有个完整的家了，自己可以放心去了。

甄爸给贝贝准备了很多好吃的，还要到车站去送，但被贝贝妈拦下来了。甄爸特意为贝贝准备了一件礼物，贝贝一直珍藏到现在。那是一块长方形，由一米七轧机试轧的硅钢片，用激光机在上面錾了四个字：钢柔相济。有意把"刚"錾成了"钢"。

贝贝没有想到的是，在送行的人群中，她先是看到了姐姐西西，后来弟弟日安也挤了过来。三人道别，抱头痛哭。

1977年，贝贝考进了医学院，学的是护理专业，毕业后被分配到一家三甲医院住院部当护士。工作稳定下来了，真正属于她个人的、"我的青春我做主"的生活才开始。

贝贝恋爱了，对象姓印，是一所艺术院校的老师。贝贝把结婚的消息告诉了妈妈。贝贝妈很高兴，对这个女婿很满意，真心地祝福她们，甄爸也送来了祝福。结婚后，夫妻俩各忙各的工作，贝贝全身心地投入了护理工作。

贝贝从事护理工作三十多年，始终恪守和遵循着这样的标准："护佑生命、竭诚奉献、专业精湛、勇气非凡。"

由于贝贝对工作高度的责任心，以及扎实过硬的护理专业知识，她很快就从医院护理队伍里脱颖而出，先担任医院住院部护士长，后担任医院副院长，分管全院护理相关工作。在专业上她也破格获得主任护士专业职称，并曾荣获"南丁格尔奖"提名推荐，这是一个很高的荣誉，是对她工作的最大褒奖。

新冠疫情肆虐的时候，退休在家的贝贝，作为一名老医护工作者，主动向单位请战，加入了抗疫第一线，做些自己力所能及的工作。后来她又申请援外，医院没有批准。疫情结束后，她被评为抗疫先进人物。之后，贝贝还继续在社区卫生院发挥余热，指导年轻人提高业务水平，传授预防护理知识。

如今贝贝妈离世快十年了，甄爸也已九十岁高龄了，身体有着多种基础疾病，但生活基本可以自理，因此一直住在条件比较好的养老院里。贝贝有空就和印老师一起去养老院看望他。贝贝说："我把甄爸当亲爸对待，是甄爸让我体会到了父爱。照顾好他，为他养老送终，是必须要做的。"印老师也很支持贝贝的想法，为了逗老人开心，他还专门把自己学院年轻的戏剧老师带到养老院给甄爸演唱。甄爸虽然从东北来，祖籍却是山西晋中的，打小喜欢听晋剧。印老师就把山西籍的老师找过来，唱地道的晋剧给甄爸听。当听到晋剧《打金枝》里面的唱段的时候，甄爸思乡之情被触动了，掩面哭泣，老泪纵横。

回顾这一生，贝贝感慨说："小时候把拆字当游戏，感觉生活好简单，大了才知道，人这一生远不像拆字那么简单。人生怎么拆分得开呢？人生总是拆开了又合上，合上了又被拆开。不可能只把好的留下，把不好的抛开，生活总是好的、不好的交织掺杂在一起的，彼此共生共长。我们所要做的，就是靠后天的认知、学识、判断、把控、自律，来把好的、不好的区分开来，这是我们可以做到的，这才是成熟的标志。"

贝贝还有一个心愿——身体允许的话，她想和先生一起驾车去青海、内蒙古、西藏。她还计划去一趟美国费城，那是她外公生活过的地方，也是他故去的地方，她没有在外公生前见过他，但一定要去祭拜。她还要去看望姐姐西西和姐夫。虽然过往有埋怨、懊恼，甚至仇视，但那都是年轻时不谙世事造成的，在血亲面前不堪一击，她们终究是断骨连筋的亲姐妹。

还有小弟日安。她对弟弟是有愧疚的，觉得自己从来没有好好关心照顾过他。好在日安懂事，发展得很好。他在当年是学霸，晚我几年参加高考，最终以当地高考生中排名第三的成绩考入浙江大学。本科毕业后，他又以优异成绩被美国普林斯顿大学录取，在拿到博士学位后定居在了美国。

晏弗贝的故事讲完了，贺梅子以其女性独特视角，用生动细腻的笔触，记录下了晏弗贝个人的成长经历、家庭发生的种种变故，还有她和晏弗贝一辈子的友谊。

贺梅子说："直到现在，每当想起自创的拍手歌，我还是控制不住自己念出来——仁姊妹，姊妹仁，加弗西来，西弗加。"她特别怀念那逝去无法找回来的岁月。

晏弗贝这辈子成就斐然，她早已习惯生活在她自己的圈子里，不事声张，也不喜欢嘈杂喧嚣地与过多人交往，她只想做自己想做的事。她爱把"自卑"挂在嘴上，但实际上那是自谦。

统稿时，我好奇文章最后一直没有讲到西西的情况，就问贺梅子："和你们一起玩到大的西西呢？"贺梅子说："我也有三十多年没见了，贝贝不愿意提及。我是捡耳朵听到的，说是嫁给了一个美国地产开发商，已经入籍定居美国了。我还听说，她外公去世的时候，她姐西西还有小弟日安都赶过去，帮忙操持后事，据说还继承了一部分遗产。我知道的就这些。"

说完后，贺梅子又后悔不该说这些给我听，责问我："无不无聊，打听这些干什么？你这人真八卦！"

我说："真不是八卦，我只是想把文章里的人物，逐一给读者交代清楚。"

双子星

　　本篇人物：陈耀武、王建钢——原"星耀班"学生。他俩在教室里的座位，一个倚窗，一个靠墙。

　　"星耀班"的同学里只有两个人当过兵，同学们习惯把他俩叫"双子星"。其中一个叫陈耀武，小名武子；另一个叫王建钢，小名钢子。当网络上开始流行组合的时候，他们就成了"武钢组合"，这赋予这个组合钢铁战士般刚强威猛的寓意。但这个组合名字没有流行开来，倒是"双子星"的称呼一直保留至今。在这个追星时代，具有文艺色彩、时尚生动的文字，总是更容易受人追捧而被铭记。更何况，武钢这个巨无霸央企已经被并到了宝钢，改名宝武钢铁集团，武钢这个名字，已不复存在了。

　　双子星的故事，自然要从他俩当兵开始说起。

　　高中毕业后，武子和钢子一同作为知识青年到农村生产队里插队。

　　那年的征兵工作开始了。先是县征兵办动员，接着是公社征兵办动员，再后来是生产队动员，这叫三级动员。社、队两级动员是通过大喇叭播报的，相当于露天远程电话会议。生产队的动员会开得很正式，禾场电线杆上扯了横幅，平时混乱不堪的会场，这次出奇地安静规矩。

在会上，领导宣读了上级文件。文件宣读完后，生产队沸腾起来，有的人爬上草垛仰天长啸，有的人则在禾场上翻滚，力气大的还推着石碾子围着禾场转圈圈，显示出男性的刚劲威猛。这一派热闹景象，像极了花果山群猴闹新春。

大喇叭还响着广播，一遍又一遍播放："革命军人个个要牢记，三大纪律，八项要注意"。

当时正值农闲，天寒地冻，地里没活儿干，到处沉寂荒芜，一片寂静，简直无聊到极点。征兵这件事打破了这个萧瑟景象，在每个男青年心里都掀起了波澜。一时间，季节仿佛错位了，田间地头到处生机勃勃，春意盎然。

在那个年代，能够当兵、穿上军装是件无比荣耀的事，可以说是所有职业里最令人羡慕的。盼着返城的知青一旦参了军，那既能离开这里，又能享受荣耀，这么好的事，大家自然都希望幸运之神能够降临到自己头上。

征兵体检放在公社卫生所。负责体检的不再是卫生所里邋遢的、提不起情绪的乡村医生，而是换成清一色的年轻漂亮干练的女军医。女军医个个穿着崭新的白大褂，白大褂里面绿色的军衣清晰透出来，红色领章在白大褂映衬下鲜艳夺目，使她们显得更加清爽干练、英姿飒爽。平时拖沓无序、死气沉沉的公社卫生所，一下子变得井然有序，焕发出勃勃生机，像是被部队接管了的战地卫生所。

体检按流程一项项进行，最后一个项目是四肢协调能力测试，测试地点是在会诊室。这是卫生所最大的一个房间，会诊室的桌椅板凳全部被推到墙边，中间放置着两个火盆，里面燃烧着炭火，让房间很暖和。没有人知道什么兵种征招时需要这样的测试，都感到神秘而疑惑。

每五个男生被分为一组，进去后并排靠门而立，没有人指挥，也没有人下口令，但五个人都自觉地把双腿并拢，双臂自然下垂，整齐站成一排。即使没有受过任何训练，但在军人面前，在这样的环境下，用不着去教，他们都会像经过正规培训似的，一个个都把自己当成了兵。

突然传出一声清脆悦耳的口令："来，预备——脱掉衣服。"五个人正感觉到屋内燥热，正想着要不要脱厚厚的棉衣呢，这声口令来得及时，五个人便齐刷刷脱去了棉衣。

"脱光，连裤子，一件不剩。"又是一条口令，还是那么清脆悦耳，但语气不同了，是命令式的，冷冰冰，不容抗拒。

其中一个胆大点的农村青年，小心翼翼地提出疑问："全部脱？是赤条条那种？"

"少废话，执行口令。"女军医表情严肃，不容置疑，那完全是军人的命令口吻——不容商量讨价，执行就是。

那个农村青年平时胆子就大，但现在连嘀咕两句的胆子都没有了，他环顾四周，偷瞄了一下，乖乖地一件件衣裤脱下来。其他人也跟着一件件脱，顾不得羞耻。

房间的四个角上分站着四个漂亮的女军医，她们手里拿着本子，在上面记录数据。

第一项测试，立定跳远，两腿蹬地，看谁跳得远。

第二项测试，蛙跳。双手抱头，学青蛙样子，围绕会诊室跳一圈。

五个小伙子，正值青春萌动期，赤身裸体地暴露在同样年轻的、且貌美窈窕的女军医面前，这样的刺激让他们的生理反应已经到了不受控制的程度。他们一个个用手紧紧捂住那个不争气的鬼地方，可是想捂就是捂不住。

"手松开，抱住头，不许停，继续跳。"女军医的口令越来越严厉，越来越急促。四个角上的女军医则弯腰凝神，边看边记，多角度、全方位观察审视从眼前跳过去的一个又一个小伙子，像生物学家在探究一群落难中的、拼命蹦跶、慌不择路的青蛙。

体检结束后，组与组之间都相互打探有没有"裸体蛙跳"环节，当得知都有这个环节后，大家就放宽心了，献丑一起献，蒙羞一起蒙。当然，还不是最重要的，重点在于，既然大家都有这个环节，说明整个体检过程是一致的，如果缺少蛙跳这个环节，可能就会被刷下来，这意味着过不了体检关，参军梦就要断送在卫生所了。

体检结果还没有出来，集体"蒙羞"大片就已经成为插科打诨的荤腥谈资，随之又演绎出五花八门、色彩斑斓的无数版本来。接着他们又相互打探这个环节究竟有什么目的，到底什么兵种需要有这样的体检环节，但没有人知道。

就在体检结束返回生产队的路上，传来消息：这次征兵的兵种是骑兵，人民解放军里的一个稀有兵种，应征上的全部去内蒙古的二连浩特。

这个重磅消息是从大队支书儿子口里传出来的，他说："是负责征兵的政委亲口说的，准确性百分之百。谁要是怀疑就是对中国人民解放军不忠，就是对征兵政策重要性没有吃透，就是思想动机不纯，就是想逃离农村，是为了当兵而当兵。"这话哪像支书儿子说的，倒是像征兵政策的重复宣传，是政委说的还差不多。

奇怪的是，居然没有人怀疑大队支书儿子传出的消息的真实性。与其说大家盲目相信了这个消息，倒不如说这些年轻人脑海里早已勾画出一幅令人向往的大草原的美丽图景，他们渴望走得更远、飞得更高的心给撩拨起来，从而失去了理智，失去了判断力，以至于顾不得求证这个消息出处的真实性和准确性。但撇去所有幻想，理智地去考虑，支书儿子消息再灵通，再有水平，毕竟是没有见过世面的农村青年，无论如何生造不出"二连浩特"这样的地名。就冲这一点，他们也应该相信消息的真实性。

能够当兵已经足够令人心驰神往了，更不要说是去二连浩特当骑兵了。仅凭这个奇特怪异、从未听说过的地名，就已经吊足了他们的胃口，足以让这些热血男儿浮想联翩了。

另外，蛙跳测试环节的设立也佐证了支书儿子传出消息的可靠性。原来是要去骑马打仗，当然，也可能是养马或者驯马。不管怎么说，一定跟马有关系，跟大草原有关系。

只不过体检名称叫蛙跳，而没有"马跳"这一说。马跳成了什么？说不通呀。马应该用驰骋、飞奔、威风凛凛来形容。蛙算什么？丑陋、卑微、猥琐，何况还是只见不得光的裸蛙。

但何必要这样残忍地去对比呢？非要把蛙比得一钱不值，搞得蛙很难堪吗？现实生活里，事物都是渐进变化的，马的飞奔驰骋也是从小马驹笨拙的一跳开始的。呆萌可爱的熊猫，小时候不也丑陋无比？如此说来，去嘲笑讥讽青蛙小时候是拖个小尾巴摇来摇去的黑色小蝌蚪，无不无聊，有意思吗？

武子和钢子的各项体检指标都合格，就光荣入伍了，由"蛙"蜕变成了"马"。裸体蛙跳仅仅证明他俩都是健全的蛙，去了部队能不能被训练成为奔驰的骏马，这就要看他们个人的造化了。

武子说，他们这批征召入伍的新兵，原定真是去内蒙古当骑兵的，看来支书儿子传话一点没错。但后来不知什么原因，闷罐车把整列车皮的新兵拖到了广西凭祥，这或许和后来的自卫反击战有些关系吧。真实情况不得而知，这是绝对的军事机密。从那以后，关于马和蛙的话题，就被抛在脑后了，没有谁再提起。

满载新兵的专列，把武子和钢子拉到了广西凭祥，他们在新兵连被分在一个班，在军营里住同一间营房，铺挨着铺。

新兵连训练结束后，武子被分到连里当文书，钢子被分到了汽车班。1979年2月，自卫反击战开始了，钢子因技术过硬，脑子灵又稳重，被抽调到军部给首长开吉普，后来又被首长带到越南参加了自卫反击战。

一次战役前，首长到前沿阵地考察地形，沿途枪声炮声不断。到达前沿阵地后，车刚刚停稳，他们就猛听到轰轰几声震耳欲聋的声响，有几枚炮弹在车前几米的地方炸响了。巨大冲击波使得车身剧烈晃动了几下，玻璃被震碎了。后排的首长没伤着，但钢子的脸部、颈部多处被玻璃划伤了。坐副驾驶的首长秘书头部不幸被弹片击中，倒在了钢子的肩头，时年仅二十三岁。

曾经出生入死，参加过解放战争的首长，见惯了血腥的战争场面，怎么会被两声炮响吓着？钢子就不一样了，他哪见过这场面，炮弹的爆炸声把他吓蒙了。就这"轰轰"两下，给他留下了后遗症：一是把耳朵震聋了，二是造成了双手颤抖，犯病时出现轻度类似同帕金森病的症状。

他耳朵没有到完全聋的程度，只是左耳比右耳听力明显要差，别人说话嗓音要提高一点他才听得清。双手颤抖的症状则很明显，有间歇性和时效性特征，平时少见这个现象，只有在某些特定场合才会表现出来。上战场前，钢子喝了一点酒，酒量不大。被炮弹震过后，他的酒量增大了，喝的酒的度数也变高了，但也不过二两，只是每顿得有，一杯下肚，手就不颤抖了，跟正常人一样。

他还有一个习惯，就是用印有"对越自卫反击战纪念"几个凸起的字的搪瓷缸子喝酒。他说这样特别有感觉，他边喝还边用手指来回搓这几个字，很享受，很陶醉。这更多的还是怀念吧。这个时候的钢子，最有荣誉感，也最深情。他自己说，这个搪瓷缸子不是普通的缸子，而是亲密战友，是首长秘书的遗留物，虽然字快搓平了，搪瓷也斑驳脱落，但这是曾经上过前线、打过敌人、见证过炮火纷飞的缸子。他把它留在身边，是个念想，既用来喝酒，也是对牺牲战友的缅怀，像是在与战友对话：我喝，他也喝，就仿佛还在身边一样。

搪瓷缸子是个遗留物，也是见证物，记录下钢子曾经军人的荣耀，承载着钢子一段值得书写的人生，述说着生死患难的战友情谊。所以朋友们也有把钢子叫缸子的，这并不包含恶意，只是音同义不同，叫起来也就区分不开了。

很多年后，有些朋友并非恶意地调侃说，钢子胆小，被炮弹炸傻了，手一颤抖，是酒瘾上来了，以酒壮胆。每当武子听到这样的话就非常气愤，恨不得两巴掌扇过去。钢子却不以为意地让他们说去。他知道他们并没有恶意，没有身临其境的人是无法感同身受的。

怕死是人的本能，没有人第一次上战场，见到真刀真枪，听到隆隆炮声不怕的。钢子忍着炸弹造成的剧痛和惊恐，保证了首长的安全，把震碎了前挡风玻璃的吉普开回了军部，把牺牲的战友带回来厚葬，而他自己也平安返回了祖国，是荣耀是功臣。为此，钢子受到军部表彰，并荣立三等功一次。

不管怎么说，钢子的精神和身体在这场战争中因惊吓和炮弹的震荡，还是受到了很大伤害。所以朋友的调侃也不是胡说乱编、恶意中伤。事实基本就是这样的。

回国后，组织上安排钢子治疗了一段时间，后来送他上了军事院校，他学的是地质勘探和营房建造专业。再后来，他转业到地方，进了国有大型勘察规划设计院。

武子虽说和钢子一同入伍，却与钢子走了完全不同的路线。新兵连训练结束后，他被分到连里当文书。武子的文学才华被军政治部首长看中，他被调进了军政治部文工团创作室，成为最年轻的创作员。也就是在钢子赴越参战那年，武子被保送上了中国人民解放军艺术学院（现为中国人民解放军国防大学军事文化学院），读的是中文专业。他晚钢子几年转业，以副营职级别到地方，进机关当了公务员，后又被调到文联工作。

武子回忆过往，讲述了自己回到政治部文工团后的经历：

听说钢子参加越战受伤回国的消息，我正在读大三，正好放暑假我赶去了凭祥，在军区医院见到了钢子，这是新兵连训练结束分开后我俩第一次见面。

我清楚记得，当时我火急火燎赶到医院，见面的一瞬间我高兴极了。眼前的钢子，胳膊、腿完整无缺，好生生地直立在那里，这才放下心来。来的时候，我听到很多传闻，都是让人揪心的消息，吓死了。现在总算好了。

不过，人虽然是完整的，但后遗症也很明显，随后我在与钢子的交谈中发现了问题。在钢子的左边说话，音量要提高很多他才听得清楚。病因已经确诊了，医院的耳鼻喉科的诊断报告上写得很清楚：噪声性听力损失。这可以是瞬间发生，更常见的是个渐进的过程，甚至是永久性的，越往后就越明显，而这个渐进过程往往不易察觉。

关于双手颤抖的问题，医生给出的诊断结论是：情绪紧张造成的间歇性颤抖。大部分人在情绪激动、恼怒、紧张、恐惧或情绪控制困难时会出现颤抖的症状。因此对付这种颤抖主要以控制患者的情绪为最主要的方法。

诊断排除了帕金森病的病理因素。钢子还没有出现运动迟滞、表情呆板以及行动迟缓等症状。这是天大的好消息。

武子回到文工团后，收集资料，以自卫反击战为背景，以钢子为人物原型，写了长篇通讯报道《炮火下的绽放》，发表在军区文艺刊物上。

转业回到地方后，武子和钢子各忙各的，平时互相打电话问候一下，到了春节两家大人小孩会聚一起吃个饭。武子在地方文联工作，日子过得按部就班，清闲自在，读书、写书、改稿子是他的日常。钢子则不同，全国各地，山川河流，到处跑；不是在地质勘察，就是在施工现场，他的工作性质就是这样。

钢子特别忙碌，武子每次去找他，他总说在外地。武子反倒觉得这是件好事。过去几十年了，只要没有出现运动迟滞、表情呆板以及行动迟缓等症状，说明震后落下的后遗症没有朝坏的方向发展，帕金森病的可能性就基本排除了。而钢子出色的工作，专业技术上取得的成就，更是让武子高兴得不得了。

所在地的标志性建筑——新时代广场、电视塔、双子星座大酒店等基础工程，都是由钢子担任项目总经理完成的。其中双子星座大酒店项目荣获"鲁班奖"，这相当于建筑行业里的诺贝尔奖。只不过人们只关注到恢宏气派的地上建筑，而忽视了其基础隐蔽工程，地下隐蔽工程的难度有多大，只有业内的专业人士知道。

"我们干的是把金子埋在地底下，糙米饭盖在鱼肉上面的活儿。"这是钢子经常挂在嘴边的话。所有人看到的是新时代广场的繁华、电视塔的高耸入云、双子星座大酒店的金碧辉煌，而这些巍峨矗立、坚如磐石的宏伟建筑，是靠勘察、设计、浇筑来奠定其坚固不朽之基础，而使其上部建筑能够百年屹立不倒。

武子退休了，钢子也到了退休年纪。钢子所在的勘测设计院想返聘他两年，希望他能够帮忙带一带年轻的技术人员。钢子不想返聘了，打算干完最后一个项目就退休。设计院同意了。

钢子对武子说："反正退休了没事，你闲不住，不如跟我一起干一个工程，深入工地，你看我干，保证有你感兴趣的，一定有你从未接触过的东西，可以从中找到创作灵感。你不是吹你能写吗？我这里有的是素材提供给你，而且都是真实感人的素材，比你闭门造车、冥思苦想、虚构瞎编的狗屁文章精彩得多。我还要让你见一个人。"但要带他见的是谁，钢子卖了个关子。

冬季莲花湖的湖水干涸了，湖面尽是鹅卵石。鄂西北雨夹雪的鬼天气，加上刺骨的风，又冷又湿，持续的时间还长。钢子站在高耸的钻架旁边，手里拿着一面小红旗。武子在钢子身后站着。看到钢子坚毅的神情，武子感受到了他身上蕴藏着的一股巨大力量，这股力量是从战场上带下来的，一直延续到现在。

钻机到位，一切准备就绪，钢子把手里的小红旗朝上一扬，然后往下一挥，随即下达了点鞭炮的口令，荒凉干涸的莲花湖湖面顿时沸腾开来。

钢子把事先准备好的超大鲢鳙鱼头挂在钻头上，双手合十，虔诚一拜，祈求平安，保佑施工顺利。这个仪式很像出海的渔民拜妈祖，或是普通信众在观音庙里拜菩萨。

"开钻！"钢子一声令下，随着钻机的"隆隆"巨响，钻头缓缓向下掘进，鲢鳙鱼头也跟着被埋进了土里。

整套流程下来，环环相扣，很有仪式感，把一旁的武子看得目瞪口呆。武子还没回过神来，钢子用指头戳了他一下，问道："看到什么了？"

武子惊叫道："鱼头、鱼头、胖鱼头。"他又不解道："为什么非要挂鱼头，而不是鸡头、鸭头或鹅头什么的？"

钢子回道："没有为什么，约定俗成就是这样的。"其实，钢子也不知道为什么，他只知道这是个民俗，是一种心理暗示，有着祈求风调雨顺的意思。

生活中有很多事情是约定俗成的，开始是这个样子，后来也就一直是这个样子了，没有为什么。因为找不到最初，也就无法考证了。钢子推测，很可能是因为一个极其偶然的事件，大家觉得好，觉得这个事就应该是这个样子，就这么沿袭下来了，那就是初始。如果最早不是用鱼头，而是用鸡头、鸭头、鹅头，那后来遵循的规矩也就是"三头"取其一了。

这个习俗或许是远古时期出自海边某个渔村，渔民盖房挖地基时，祈求房基坚固，能抵御台风。渔民最容易获得的赖以生存的物资就是大海馈赠的海产品了，其中以鱼为最。于是他们感恩大自然，以鱼敬神，就慢慢演变成为现在这个样子。这个传统又传到了平原、山区，一代又一代沿袭下来，但当地没有海鱼，就只能用淡水鱼替代，鲢鳙则成了首选。

为什么非要用鲢鳙？草鱼、青鱼行不行？

鲢鳙是鲢鱼和鳙鱼的合称，因这种鱼头部大而宽，民间又有花鲢、胖头鱼、大头鱼的叫法，有的干脆叫雄鱼。这似乎帮我们找到了答案，因为其最为勘察工程人喜欢的叫法，首推雄鱼，其头称之为雄鱼头。顾名思义，里面蕴含着强壮而坚不可摧的寓意，压得住阵脚，镇得住邪恶。

使用雄鱼头不过是想讨个好彩头，随着钻头缓缓掘进，雄鱼头也跟着被埋进了土地，完成了它的历史使命。但为什么要把雄鱼头埋进土里呢？下钻的时候，取下鱼头，留下来熬一锅鲜鱼汤喝有何不可？

一连串的疑问在武子脑海里打转，他只好问钢子。钢子还是说不知道："不为什么，就是行业规矩，喝了鱼汤犯忌。"

"怎么才算不犯忌呢？"

"你刚才看到的，埋地里就不犯忌。不过，你非要熬汤喝也不是不可，只是你要小心鱼骨头卡住喉咙。如果不怕钻头脱落、挖孔桩开裂的话，你就喝好了。"

武子觉得这样的回答有根有据，在道理上说得通。他这才知道，这个行业里的人不喝鱼头熬汤是害怕犯忌讳，害怕基础工程出质量问题。

但是带身子的整条鱼熬出来的汤又可以喝了，油炸、红烧也不在此之列，其中的原因也无从得知了。

钢子总说自己是老勘探，但被问及挂鱼头的缘由时，却是一问三不知。钢子不屑理会他，一个学工的，为什么要关心"非遗"的东西？

武子认为这个观点不妥，学工的，也要学习人文、历史知识，需要补上民俗、民典一课，要从中汲取养分。

钢子更加不服气了，说武子钻牛角尖，还说文科生就这德性，爱咬文嚼字，是典型学院派的嘴脸。

但客观来评价，武子在学习、思考、钻研方面强过钢子，他本身是学文的，爱舞文弄墨也正常。

五天后钻机转场，要去地质条件更为复杂、施工难度更大的河床中段进行勘探。

为保证整个项目顺利进行，勘察院特意安排了勘察大师杜光辉坐镇现场，指导工作。杜总是地质勘察界前辈。老先生在大西北搞了大半辈子地质勘探，调到勘察院后，担任总工程师，退休后也没有享受清闲生活，仍然很忙碌，被返聘到勘察院当顾问。他还担任市地质基础处理专家委员会技术顾问，并且在多家基础工程公司兼职技术顾问，在地质勘察、基础处理领域享有很高声誉。

钢子对武子说："你记不记得，出发前我跟你说过，让你见个人，这个人明天到。"

无疑，钢子说的让武子见的这个人，就是杜总了，大师级别的人物。

又到了开钻的时候，流程跟上次武子看到的一样。武子发现钻头上挂的不是鲢鳙鱼头，而是羊头。他便又问钢子："怎么鱼头换羊了？"钢子说："这是杜总的意思。"钢子自己也有疑问：一贯都是鱼头，用羊头这还是第一次。

这时，一旁的杜总说："这是大西北一带勘探人的习俗，究竟有什么寓意我也不清楚，总之是祈福顺利、保佑平安一类的意思。大西北牛羊多，就地取材方便。"杜总还说："钢子问我挂鱼头可不可以，我看也没问题，各地习俗不同，想必寓意应该是一样的，只是钢子依了我，就用羊头了。"

看起来，用的是鱼头还是羊头或是别的什么东西，都不重要，无非就起到一个心理暗示的作用。在深不见底的地底下，一钻下去，究竟隐藏着什么物质，会出现什么不可预测的情况，谁也说不清楚。这就需要有个东西来寄托人们的期望，对于未知事物，谁都拿不准、心里没底的时候，这个东西就可以起到托底的作用，让不安躁动的心得到安抚。

在究竟是挂鱼头还是挂羊头的问题上，钢子依了杜总，不仅仅是出于尊重，还有另一个原因。从心理角度看，这么一个大工程，需要杜总坐镇指挥，将一个有着更强烈心理暗示能量的寓意用在杜总身上比用在钢子身上更合适。杜总有一个良好状态比钢子有一个良好状态要更重要，毕竟按期高质量完成勘察基础工程是第一位的任务。

从后面的施工技术层面来说，这样大体量、高难度的基础工程，钢子也是第一次遇到。没有杜总撑腰指导，他心里就没底，就不仅仅是出于对杜总的尊重那么简单了。

但武子好像并不需要这样的心理暗示，凡是新鲜事物他都感兴趣，他按照自己所谓的历史人文思路来考虑问题。关于挂鱼头还是挂羊头这件事，他有自己的理解和看法。既然杜总说不出挂羊头的来由，正像钢子说不出挂鱼头的来由，那就当它是一个传说，是一个古老的习俗吧。他只是觉得，这些都是纳入文章的好素材，确实不是待在家里冥思苦想可以得来的，他回去就把它记录下来了。

有杜总在现场，勘察工程完成得很顺利。就在勘察结束准备撤离的时候，杜总发现钢子的手抖动得厉害。杜总很紧张，以为他是受到什么事刺激，引发身体不适。武子说不急，他端来印有"对越自卫反击战纪念"的缸子，让钢子垫了一口酒。有酒下肚，钢子的手抖好多了。武子对杜总说："钢子这个毛病是战时留下的，见到这个缸子，有酒，就没事了。他自己缸子随身带，时刻准备着的。"

见到酒能缓解钢子的症状，杜总感觉很神奇，提出要陪钢子好好喝一顿。这正合钢子的意。杜总把掉瓷的缸子推到一边，换上了鄂西民间喝酒专用的土陶碗，搬过一坛农家自酿高粱酒，一边比画一边说："本想按内蒙古习俗，一（内）蒙古厘米一口干，喝倒为止，但坛装酒无法用手指头丈量出厘米，只能一陶碗一口干，怎么样？"

一生转战戈壁荒滩、风餐露宿的老勘探豪气坚毅的性格一下子在酒桌上展现出来。

"一蒙古厘米是多少？"钢子没有概念。

"也就二两吧。"

钢子为杜总的豪气所感染，在这位大师和长辈面前，放下了拘谨。但他要求更换自己的专属缸子，这分明是在找借口，害怕又不想露怯。杜总不许，说："缸子无法量化，酒坛更无法量化，蒙古厘米的丈量方法，搁这里不适用，就以土陶碗为准，一碗一口。"

　　看这架势，非陶碗不可了。武子想给钢子一个台阶，对杜总说："钢子有缸子情节，非专属缸子不喝。"

　　杜总说："这好办，就依了你，把土陶碗里的酒，倒进专属缸子里，这不就量化公平了。"

　　钢子说："我那点酒量，哪敢量化。"酒坛未开，钢子已经败下阵来，在前辈面前投子认输。其实杜总不过想激将一下钢子，见钢子手不再抖动，就放下心来，也不再提蒙古厘米的事了。酒桌上轻松自在，他们随意不劝酒，碰杯而不一口闷。缸子碰土陶碗，虽发出沉闷的声音，但一桌人的心情，却敞亮放开了。既有顺利完成难度超大工程后的喜悦轻松，又有前辈、晚辈、朋友之间的互敞心扉，坦诚相见。

　　其实所谓蒙古厘米，哪里是量化的事情，无非是杜总初次与人喝酒时的一个试探。人的激情豪爽是无法量化的，无边无际的敞开才是激情的真谛，受限制、被约束、讲规矩是对激情的压制。杜总说一蒙古厘米是二两，也就是随口一说，可能是三两，也可能是四五两，甚至整坛，这是个变数，是由心情和酒桌上的气氛决定的。

　　钢子想：当年当兵要是去了内蒙古，也就知道一蒙古厘米是怎么一回事了，也就可以一厘米一厘米地练出酒量来了。长此下去，多的不敢说，一顿二三蒙古厘米应该没有问题。如果有这样的酒量，他就有胆量和杜总在酒桌上拼出个高低来，还可以培养出跟杜总一样的豪气和坚毅的性格。钢子对杜总所说的蒙古厘米的认知，还停留在"量化"的肤浅理解上。

武子对蒙古厘米的认知更差劲，可以说根本没有认知，这当然缘于他滴酒不沾，但武子却由此联想到了酒文化，以及与酒文化产地相关的历史典故。他还拿各地饮酒习惯去比较，这就是认知的拓展和延伸了。武子理解钢子，这实在怪不得钢子，怪只怪当年火车拉他去了能歌善舞却不善饮酒的广西凭祥，性格里自然多了与勘察人不搭的灵秀和柔软。原来，钢子缺了内蒙古二连浩特这堂酒文化课。

钢子总结自己这辈子在专业上所取得的成就时说，他在技术上每前进一步，每次在核心技术上有所突破，都得到了杜大师的悉心传授。钢子说，在杜总身上要学的东西太多，包括蒙古厘米喝酒法。

钢子退而不休，不是大工程、复杂工程，就不用亲临现场了，较从前自然要轻松很多。这样武子和钢子在一起的时间就多了。闲下来，武子要带钢子去一家小吃店，说这家店有道很有特色的菜，全城仅此一家，一定要去尝尝。

武子所在的城市方言里，把青蛙叫"克马"，也叫"蹦蹦"，这家小吃店的菜单上推荐这道招牌菜的名字写的是"辣得跳"。这是一种人工饲养的青蛙（不确定是不是牛蛙），比野生的个头稍大。钵装器皿，聚香保温，整只原样摆盘，端上桌，一只只白嫩白嫩地趴着，没着一点色，看上去肌体纹路鲜明，大腿肌肉鼓胀而富有弹性。

如果放在不良店家里做这道菜，不会整只摆盘，而是把青蛙腿剁成一段段的，然后加入大量饱满充盈的大蒜头来冒充青蛙大腿，但这家店不是。

因为没有着色，色泽白嫩，食客绝不会想到它与辣有一丁点的联系。可是，只要把那白嫩鼓胀的大腿吃下去，保证会呛破喉咙，甚至用筷子头去蘸一下尝一尝，都会呼呼吹气吐舌头。能够吃下整只的，算是不怕辣的了，一口气能够吃下几只的，已经是高手中的高手了，但也保管辣得跳几丈高。这道菜的菜名由此得来。

店家为此在这上面大做文章。聪明的老板想出一个促销办法，如果一人把一钵"辣得跳"吃完，那么一桌菜全免单。据店家说，自公布这个促销活动以来，不乏从湖南、四川、贵州等"辣省"过来的嗜辣如命、不信邪的饕客，特意来挑战辣度天花板，结果均以失败收场。只有老板窃喜，高调宣布："不是吹，还从没有因此免过单。"挑战失败、垂头丧气走出小店的饕客还嘴硬："不过就那么回事，下次还要来。"在一个跟辣不沾边的城市，竟然输在辣上面，他们丢不起这个脸。

这一钵"辣得跳"一经推出，辣翻无数食客，赚翻了老板腰包。店家趁势又想出一招，干脆把经营了几十年的店名直接改成

"辣得跳"，一时间名声大噪，食客蜂拥而至。

如果仅仅是因为辣，也就没有什么奇特，然而这道菜的精妙之处在于它的精致伪装。在看似平淡无奇的表象下，实则险象环生。食客往往在毫无准备的情况下，被美丽清淡柔和的外表给蒙蔽误导，一口下去，灼伤喉咙，急火攻心，凶险无比。

爱思考的武子不知从哪里打听到这家小吃店的老板自己怕辣，从不沾辣椒，却独创了这道奇辣无比的菜品。真不知店老板对自己避之唯恐不及的菜品，为何会痴狂到下如此功夫去钻研？他究竟用的是什么秘制方法，成就了这道菜品？他可能像中医里的针灸练习一样，为了找准穴位，在自己身上反复试反复找，经历无数次疼痛后才找准、找对治疗疾病的穴位。

武子以前不懂，以为辣是味觉，其实不然。平时常说的"五味"，酸、甘、苦、辛、咸，是不包含辣的。辣怎么会不是味觉呢？这个知识点，武子还是第一次听说。

武子找来理论根据进行求证：辣，是一种化学物质，它刺激了细胞，在大脑中形成了一种类似于灼烧的微量刺激的感觉，它不是由味蕾所感受到的味觉。所以不管是舌头，还是身体的其他器官，只要有神经能感觉的地方就能感受到辣。

"辣得跳"配酒，酒就成了无色无味的清水了。钢子在不知不觉中，下去了小半缸子。钢子怀念起杜总的蒙古厘米来，但武子不胜酒力，没有理会他。钢子只能自斟自酌，没有杜总在场的蒙古厘米，就不是那个味儿。

正如武子寻求的理论求证所得，巨辣狠狠刺激他的不仅仅是味觉。他的整个神经系统都被调动起来。此刻，钢子也一样。

看到盆钵里一只只白嫩白嫩的青蛙趴着，两人对视了一眼，彼此心领神会，扑哧一下，大笑起来。

或许喝多了，或许借着酒劲发酒疯，钢子突然大声叫起来："快看，快看，这白嫩白嫩的"辣得跳"，像不像当年征兵体检时的裸体蛙跳。"

武子朝盆钵斜瞟一眼，说："像，真像！"

钢子跟着说："不是像不像的事，简直就是。"

酒正酣时，经过"辣得跳"的猛烈刺激，钢子的手早就不抖了，语言表达清晰流畅，回忆起征兵体检时一脸坏样，没有一点高级工程师的样子。

钢子用大掌子紧紧捂住缸子，说道："那时年轻火力旺，看到漂亮女兵，起了生理反应，硬是钉在原地，就是不敢跳，生怕露出原形，被误解成流氓。可又不敢不跳，蛙跳本来就是要跳，不跳就不是蛙，不跳就当不成兵，当不成兵，就无法完成从'蛙'到'马'的华丽转变。"

武子说："你想说什么直接说，捡重点说，捡精彩的说，不要假正经，装纯洁。给我说实话，这是你当时的真实想法吗？休想用一连串文绉绉的高雅词汇，来掩盖粉饰你一肚子坏水。"

钢子对武子说："我说一句，你回十句，你才是假正经，装纯洁。我只是说曾经有过这么回事，你要是想放开来讲，就直说，尽管讲好了。"钢子说这句话的时候明显底气不足，心里发虚。

钢子的话是对的，武子特别想回忆那段活力四射的青葱岁月，多巴胺激素已经刺激到他的大脑神经元，但他佯装不感兴趣，压抑着自己，想借钢子的口引出话题，然后再发挥自己能编善吹的长处。武子的心机就是比钢子深，征兵体检的话题，要是不拦住的话，武子可以把裸体蛙跳当电视连续剧，一直说到烂为止。

武子和钢子没有当上骑兵，不会骑马，也不会驯马，但他俩在各自工作岗位上都取得了成绩，都是骏马。"星耀班"的同学，把陈耀武、王建钢称作一文一武的双子星。到现在俩人还爱抬杠互呛。

武子说："我不算，愧不敢当。钢子才是，当之无愧。"

钢子说："我哪里能称得上什么'星'，我胆小，被战场上的隆隆炮声给震傻了。"

武子又说："我不过是只目光短浅的井底之蛙，钢子才是一匹奔驰的骏马。"

钢子又说："你发表在军艺期刊上的报告文学，《钢子与缸子》，不真实，有虚构夸张成分。"

武子和钢子相约去广西凭祥，回了一趟部队，想看一下当年的新兵连还在不在，还能不能见到老战友。

武子冒出一个想法，何不约上"星耀班"的同学，先去部队，再去电影《芳华》的拍摄地——云南红河州的蒙自，去追寻曾经年少的过往和共同的芳华。

钢子说："好呀！"

武子说："不过，晓惠同学一定得去，听说她在深圳，得想办法联系上。"

钢子不解："为什么晓惠同学一定得去？"

武子说："你忘了，晓惠同学当年是学校文艺宣传队的舞蹈演员。去了蒙自，女生要集体跳'草原女民兵'吧？那是'芳华'的魂，晓惠是领舞的不二人选。"

武子有心，给每个去蒙自的同学准备了一个印有"对越自卫反击战纪念"的小号搪瓷缸子，这是曾经青葱岁月最好的实物见证，可以端在手上，也刻在了心里。至于绿军装，就没有必要每人一套了，但是，跳集体舞的女生得有，没有的话，这个舞的味道就不对了。

"世上有朵美丽的花，那是青春吐芳华。"正是我们这代人的芳华。武子和钢子从充满理想和激情的部队出发，当时正值年少芳华，在经历过充斥变数的人生命运之后一路走来，这不正是"星耀班"这个集体、每个人的人生经历的真实写照吗？

西医、中医、巫医

本篇人物：唐立业——原"星耀班"学生，身体健壮得像头牛，中学时参加市中学生田径运动会，他奋力一推，一举打破保存了十年之久的高中组铅球纪录。

西医——

唐立业改叫唐爷，是退休后的事。他身体不再健壮，发福得厉害，走了形。他自己说，腰围两尺八，腿长两尺八，裤子裁剪开来，刚好是块正方形桌布。

在他住的小区里，大人小孩都称呼唐立业为唐爷。不是他有多大本事，有什么善举，也不是他曾经混迹江湖、称霸一方，而是纯粹缘于名字的谐音。

唐爷这辈子没干过一件像样的、拿得出手的、值得邻里街坊啧啧称道、高看一眼的事来；他的年龄也没有大到让所有人都愿意称他为爷的地步。孩子们这样叫没问题，大人们开始并不情愿，只不过看在唐爷好人缘的份上，也就这么叫了。彼此留个面子，也不费事，不会少块肉；叫起来也顺口，还落个人情，和谐邻里，大家一片祥和。

邻里街坊的勉强，到唐爷这里就成了福利，成了荣誉，他很享受这样的称呼，一方面有亲近感，还长了辈分，另一方面听起来很有江湖老大的风范，就好像他过往真有多大本事、有多少善举，也曾经真的混迹江湖称霸一方了。他内心就有了满足感。

唐爷最近很不爽快，身体出了问题。开始是打网球打得好好的，突然双髋关节疼，不能弯腰捡球了。再后来给自家卫生间装修又闪了腰。但他硬撑着，一如往常，照样跑步、打球，而且还和年轻人打比赛。他不想把真实的身体状况暴露在大家的眼皮底下。这是唐爷的惯用伎俩——"爷"要有爷的样子，要对得起叫顺嘴了的尊称，呈现在邻里四周面前的，必须是活蹦乱跳的唐爷。

但他没撑多久，还是倒下了。除了双髋关节疼痛外，颈椎和肩周炎也同时爆发。双髋关节疼痛使得他不能行走，颈椎和肩周炎使得他生活不便，大便时蹲下去起不来，起来又提不起裤子，吃饭夹不起菜，睡觉脱不下衣服，同时，他没有了食欲，也下不得床，躺着又疼得睡不着，只几天工夫，体重瘦下去二十多斤。

唐爷开始紧张，怀疑自己是不是能够扛过去。眼下最要紧的是如何尽快解决疼痛的问题。于是他到处讨教治疗办法，上网翻书、查阅资料，寻找解决方案。

对门的老阎头也有过这样的经历，他主动找上门，传经送宝来了。老阎头年届古稀，自诩"大山的儿子"，是攀爬高手。二十年前他患腰椎间盘突出，神经被压迫，使得双腿疼痛不能走路。老阎头年轻时体格健壮，有病不就医，相信依靠自身的体魄能战胜病魔，患病后依然坚持锻炼身体，每天大运动量跑步、骑自行车、晒太阳，只三个月就恢复如初，以后的二十年再没有犯过病。

老阎头说："这种病我不相信医院可以治好，我找到了适合我的方法、跑步、骑自行车，晒太阳，再加上大山一样的胸襟和乐观积极的态度。二十年过去了，我就是个例证，你不妨试试。"

唐爷觉得老阎头说得有道理，就去买了一辆山地自行车，骑行服、头盔等装备都是顶级的，然后开始上路。而跑步、晒太阳则是不用花钱。三项锻炼项目，只需花一项的钱，如果能够治好病的话，真是划得来。

但看来老阎头的话并不管用。突然有一天，老阎头自己倒下了，这位大山的儿子突发脑出血。抢救过来后，落下了偏瘫的后遗症，走路也走不端正了。唐爷被老阎头的模样惊吓到了，怕阎王爷找上门来，也怕自己变得和老阎头一个样子。受惊吓之后，他的病情也加重了。

唐爷被搀扶着进了医院，是本市最好的三级甲等医院，很快被安排接受检查。他换上医院条纹衫，开始痛苦的等待，除了每天早上的例行查房，一天之中几乎再没有谁来过问。唐爷被孤零零地丢在了那里。

先是仪器检查，他做了 ECT、CT 扫描，彩超，X 射线，肌电图和全脊柱全景成像，总之能做的统统做了。检查一项一项进行，全部做下来花了一个多星期的时间。

在等待结果期间，医院没有实施治疗。当唐爷疼得厉害时，医生会开些止痛药，让他忍着不要急，说要等待检查结果出来后，才能判断病因，决定治疗方案。

除了靠止痛药止痛，唐爷还用上了一种叫电烤仪的"小神灯"，它常见于中医的治疗中，用它来烘烤患处可以缓解疼痛。护士提着小神灯进来，上面尽是灰尘，护士摆弄半天架好，再去擦拭去上面的灰尘，然后调到合适温度，才离开病房。

唐爷起初感觉还很舒服，可慢慢有点烫了，但护士不在身边，没人理会，他只好自己艰难地侧过身，把小神灯移开。唐爷发现，被烘烤的地方已经起泡了。旧痛未除，又添新疼。

一个多星期后，检查结果出来了，单子上这样写的：双侧骶髂关节退行性变；颈椎退行性变；腰椎退行性变；胸椎间盘变性。

唐爷疑惑了：怎么这么多退行性变？退行性变是表示程度，还是表示别的什么？真正疼痛的部位并不是这些地方，而是在双髋关节。他就问主管大夫。大夫说："我们对检查结果进行过会诊分析，你得的是退行性骨质疏松症，通俗地讲就是缺钙。不过可以放心，排除了骨癌和股骨头坏死的可能性，是个慢性病，要引起足够重视。"

"怎么重视呢？"

"我们会给你开些补钙的药，但最重要的是戒烟戒酒，每天喝牛奶，多吃蔬菜水果，还可以跑步、晒太阳、骑行或游泳。生活有规律，保持良好心情。这是一件长期的事，关键在于坚持。"

跑步、晒太阳、骑行，又转回到原点，这不是跟老阎头说的一样吗？检查还有什么意义呢？住了十天院，该检查不该检查的都过了一遍，结果就一条：骨质疏松症，所有的疼痛都由此引发。

人到四十五岁以后，骨密度普遍下降，骨质疏松症的问题就出来了，而目前又比较缺乏有效的药品、保健品。唐爷已经年过六十了，身体各方面机能下降是很正常的现象，鉴于没有更好的治疗方法，便只能靠坚持锻炼让身体慢慢自行恢复了。疼痛没有消除，甚至没有一点减缓，带着没有结果的结果，唐爷出院了。

医院走廊的墙上贴着宣传画，上面写着：10 月 20 日 "国际骨质疏松日"。竟然有这么个日子，还是国际性的，可见在世界范围内这都是一种很普遍的病。巧了，这天正好是 10 月 20 日。

中医——

唐爷在打听来的和查阅到的各式各样的治疗方法中，挑了一些适合的试着治疗。比如民间治疗颈椎、肩周炎所采用的蚂蚁上树、猴子跳墙等办法。他又学习了太极八段锦，一早一晚在楼顶的阳台上，一招一式比画，有模有样。他要晒一个小时的太阳，晚上还要在附近学校操场走个三五圈，但是骑行暂时还不行。

坚持了三个月后，没有一点收效，他觉得是民间的谬传，都是些骗人的假把戏，不靠谱的东西。唐爷对依靠自身机能来战胜病魔产生了怀疑。

他早就听说社区卫生院有个名中医，专治腰椎间盘突出、颈椎炎、肩周炎，以及各类跌打损伤。尽管对中医半信半疑，认为江湖郎中就会耍嘴皮子，卖狗皮膏药，他还是觉得应该去试试，既然西医不管用，何不试试中医呢？

其实是唐爷孤陋寡闻了，何大夫在小区里的名气，比唐爷大得多，小区里的中老年人没有不知道的。何大夫医术高超，为人谦和，口碑极好。

唐爷带着医院拍的X射线片子，来到社区卫生院，找到何大夫。介绍了病情后，何大夫让唐爷躺下，自顾自对着泛黄的、布满尘丝的日光灯箱，翻来覆去看唐爷的骨头片子。白色床单上有一块块黑不溜秋的斑块。唐爷想挪动身子，避开黑斑，可身子不听使唤，挪不动也躲不开，另外，一股浓烈刺鼻的怪味熏得唐爷直想呕吐。

何大夫还在研究片子，耐心仔细地在模糊不清的片子上寻找这个病的病根子。唐爷盯着佝偻着的何大夫，见他的白大褂上同样是一块块黑不溜秋的斑块，他的背影看过去就像一只半蹲着的斑点狗。但唐爷知道这样比喻不妥也不恭，不该把何大夫比喻成斑点狗，人家是社区卫生院里的名大夫，是小区里受人尊敬的名中医。

"啪！"何大夫关上了日光灯箱，走到唐爷身旁，把疼痛部位摸了个遍，问了个仔细，随后转过身去，摁出洗手液到手上，对着水龙头边搓边冲，也不看唐爷，而像是在说给自己听："你这是腰椎间盘突出，神经压迫使得双腿疼痛，用我熬制的中药膏，不出三个月，跑起来跟玩似的。至于颈椎、肩周炎，跟伤筋动骨一样，急不得，治不治都得三个月。五十肩嘛，你年龄正好在这个当口。"

唐爷赶忙纠正道："错了，我六十多了，如果正好在这个当口，那应该六十肩才对。"

何大夫懒得跟他费口舌。五十肩，不过是个比喻，跟一个对中医一窍不通，且怀有敌意的人去解释这个，无异于对牛弹琴。他取过纱棉，用竹片将熬制的祖传秘方膏药，也就是那个乌黑的中药膏涂抹在唐爷的患处，哪儿痛抹哪儿。所抹到之处冰凉冰凉，跟薄荷一样，唐爷感觉畅快淋漓。

"可以了，起来。"何大夫转过身去，又摁出洗手液到手上，对着水龙头边搓边冲，"起来，划价取药去。"

唐爷发现，何大夫说话的时候，大多数不冲着自己，感觉他是自己说给自己听，根本无视唐爷的存在。

"起不来，能不能扶我一把？"

何大夫单手放在唐爷后背。唐爷感觉到有股气流向上冲顶，借着托的力量，他忽地坐了起来。这股托的力量，让唐爷大吃一惊。望着何大夫的后背，他心想，这老头身体里面究竟蕴藏着多大能量，真是深不可测，果然是高手。

"我划价，交钱去了。"就是这一托，让唐爷服了软。

"先划价，钱不急交，直接取药，病好了一起结。不过我得把丑话说在前头，我收费很高的。当然，如果治不好，分文不取，你可以走了。"

唐爷听这话耳熟，所有江湖郎中都这个腔调。但有了刚才单手一托的体验，唐爷收敛了一些，算是知趣，改变了想法。真正的高手是不是都这个腔调？飘是飘了点，但是飘得有分寸，飘得有底气，飘得你心服口服。

当晚，唐爷没有洗澡早早睡去。他身上贴满了纱棉，乌黑的中药膏已经渗透出来，呛鼻的味道充斥着整个房间。他害怕满身的中药膏挤出纱棉，所以不敢翻身，直挺挺熬了一晚。结果早上起来还是把床单搞得斑斑点点，身上也是，他自己也跟个斑点狗似的了。

半个月过去了，中药膏一直在敷，唐爷每天还在按摩，还有辅助治疗，比如扎针灸、熏艾条、拔火罐。每次拔完火罐，他这个人就变成了七星瓢虫。

三个月过去了。唐爷记起何大夫说的："不出三个月，跑起来跟玩似的。"可现在走都困难，还谈什么跑，更不要说跟玩似的了。对何大夫有真本事的看法，事实证明结论下早了，原来何大夫的腔调和江湖上的腔调，从本质上说没有多大区别，现在看来，他同样飘得有点不着边际。

一来二去，唐爷与何大夫不再仅仅是患者与大夫之间的关系，而处成了无话不说的朋友。唐爷直截了当问何大夫："你说不出三个月，跑起来跟玩似的。跑不敢奢望，至少得让我走起来吧。"

何大夫是什么人？著名中医，阅人无数，有着五十多年把脉问诊历练出来的读心术本事，能看不出唐爷这点小心思？"小老弟呀，我看你心浮气躁，血脉瘀滞。知道你在小区里大小也算是个人物，但凡撑得住，不会来我这里。瞧不起这个地方，嫌脏是不是，盛不下你是不是，认为中医就是江湖骗子是不是？小老弟呀，不是我倚老卖老，大江大海见多了，窥心和疗伤一起来，看是你行，还是我行。"

"岂敢，岂敢。当然你行。"唐爷哪经得住何大夫三个来势凶猛的"是不是"连环追问。他再怎么和何大夫熟，要挑人家专业上的毛病，揭人家饭碗的短，就是他的不是。不知是唐爷不识相，还是他内心真的轻视中医，或者因为饱受病痛折磨又一时不见好的糟糕心情，使他失去了做人起码的礼数和对人的尊重。

恢复高考后，何大夫考上一所中医大学，毕业后进了中医院工作直到退休，是正经八百的主任医师，享受政府津贴的专家，退休后被社区卫生院聘用至今。无论是在大医院，还是在小诊所，其以精湛的医术赢得尊重，所到之处无人不敬佩。他的职业素养包括非凡洞察力，以及品鉴人物、见微知著的能力，这岂是唐爷泛泛之辈所能比的？

何大夫今天要是不来点独门绝活，让唐爷开开眼界、心悦诚服，唐爷怕是嘴上不说，可心里还会叫着板：要么是满身乌黑斑点的斑点狗，要么被包裹伪装成美丽的七星瓢虫，要么青烟缭绕满屋艾叶飘香，还能变出什么花样来？总之，江湖郎中三板斧，里外就砍这么几下。砍中了是神医，久治不愈为庸医，不痛不痒、不好不坏可谓平常之医者，绝大多数大夫被归到了第三类里面。

唐爷这话重了点，尖酸刻薄，要是传到何大夫耳里，真得让他难受一阵子。但其实唐爷并不想让何大夫难堪，他的想法很简单，有一个最朴素的判断方法：我不疼了，就是好中医，我就服。

"今天开始下猛药。"何大夫从密室保险柜里，取出一个漆器盒子，从里面拿出十几个小包。每个小包上都写有一个字，要么"虎"，要么"豹"。何大夫让唐爷挑了"虎"字和"豹"字的各两小包，共四包。他嘱咐说："先虎后豹，交替服用，温水冲服，相隔五天，整个下来为一个疗程。"何大夫说这话时神情凝重，看样子是拿出了看家本领、撒手锏，是最后一搏了。这种神秘感里又充满了仪式感，显示出何大夫对祖传秘方的敬畏，对博大精深中医的敬畏，同时又是在彰显攻克顽疾的信心和决心。

唐爷回到家里，小心翼翼地打开写有"虎"字的小包，里面是虎骨粉，呈粉末状，无色无味，他昂头就和水冲了下去。奇迹果然发生了。

天黑时分，剧痛袭来，如同翻江倒海，唐爷顿时失去了知觉，休克过去。但只几分钟时间，他便醒了过来，衣服被汗水浸透，身体如蒸过一样畅快淋漓，疼痛缓解后，人跟飞起来似的，轻快爽朗。

唐爷把服药后的感受告诉何大夫。何大夫说："要的就是这个效果。"

服下虎骨粉的这个晚上，唐爷睡了个好觉，睡得很沉，不知道疼痛，醒来已经天大亮，起床后有强烈的饥饿感。

第五天傍晚，唐爷准备服用"豹"字包了。他打开一看，里面同样是粉末，颜色略有区别。既然"虎"字包是虎骨粉，"豹"字包应该就是豹骨粉了。

服下豹骨粉的反应居然与虎骨粉一模一样，唐爷又一次体验了轻快爽朗。唐爷又把服药后的感受告诉何大夫。何大夫还是那句话："要的就是这个效果。"

接下来唐爷遵照医嘱，每隔五天交替服下虎骨粉和豹骨粉。

奇怪的是，上两次的反应没有出现。唐爷把这个情况又告诉何大夫。何大夫居然还是重复前两次的话："要的就是这个效果。"

前后二十天，一个疗程结束了。何大夫一直重复那句话，看来是达到了何大夫想要的效果。大夫给病人看病诊疗，最终是要医治好患者，或者减轻患者的疼痛。但实际效果并不是这样的，一个疗程下来，没有效果是事实。这让唐爷搞不明白，何大夫反复强调的"要的就是这个效果"究竟是什么意思？这明明是个不好的效果，或者说是个不理想的效果，极端地说实际上就是没效果。他不由又质疑起何大夫的医术水平来。

"沉疴下猛药"，可既然虎骨粉和豹骨粉这么猛的药也不能药到病除，是不是药不对症？还是剂量不对？何大夫也有点拿不准了。不知道何大夫怎么想的，是怀疑特效药的功能，还是怀疑唐爷这个患者个体接受药效的机能出了问题。

何大夫珍藏十多年的宝贝，可是野生的、纯天然的，市面上根本不可能找到。虎骨粉具有追风定痛、强筋壮骨等药用功效；而豹骨粉兼具镇痛、抗炎、健骨的作用。之前有很多患者，都是用这个方法治愈的。何大夫认为，应该不是自己医术上的问题。

"不出三个月，跑起来跟玩似的。""要的就是这个效果。"唐爷嘴欠，总爱拿这两句话来挑事，戳何大夫的痛处，大半年过去了，硬是揪住何大夫这两句话不放。但实事求是说，这确实是实话，唐爷不要说跑了，连走都困难。那何大夫是不是当初就把话说得太满了？还有，这虎骨粉、豹骨粉是唬人的吗？这玩意儿是真的吗？在疗效上究竟有何区别？所谓交替服用，究竟是噱头还是卖关子？

说归说，其实唐爷还是感谢何大夫半年来的精心治疗以及人文关怀的，虽然疗效并不理想，但何大夫想了很多办法，对待他像亲人一般。没有哪个大夫可以包治百病，如果这么自称，那一定是骗子无疑，是对中医科学的大不敬。

唐爷递给何大夫一个包，里面装有五千元。何大夫抽出两千来退给唐爷，说："问诊、治疗、拔火罐不要钱，秘制膏方加敷料，虎骨、豹骨粉按成本价算。"

"嫌少不是？您见过世面，医术水平高低全部体现在问诊中。中医怎么说的？望闻问切，功夫就在这里面。不要钱算怎么回事？我知道您对我有看法，多有得罪，多有得罪。"

何大夫成了唐爷在社区里最要好的朋友之一，不管唐爷病好没好，都不影响两人交情。即使没有医好唐爷，也丝毫不影响何大夫在社区里头牌名医的坐诊名头。社区卫生院依然离不开何大夫，得靠他打响名头，保牌子撑门面。

唐爷一边把玩"珐琅彩夜明珠螺丝刀"，一边想：西医已经排除了骨癌和股骨头坏死的可能，名中医何大夫也从未说过是骨癌和股骨头坏死的话，那还有什么好怕的？

由医术联想到工匠，唐爷想起了自己的师父。这把精致的珐琅彩夜明珠螺丝刀，是唐爷学徒期满时他师父送的礼物，这浪漫的名字则是师娘起的。螺丝刀刀柄用的是程控交换机上的插孔手柄，其顶端原本有红、绿两种颜色的亮珠，交换机工作时，红珠亮，代表关闭，绿珠亮，代表通过。师父特意选用了绿色亮珠。刀身则由不锈钢焊条加工而成，去掉焊条涂层后，插入插孔手柄孔里，再按比例截取长度，打磨成平口螺丝刀形状，再将加工好的焊条和插孔手柄粘连在一起，最后用砂纸打磨一下就完成了。

螺丝刀手柄上面还刻有"一路绿灯"四个字。师娘说："存世仅一把，无价。"打那以后，唐爷就一直将它珍藏在身边。

师父是电工出身，可最让唐爷佩服的是师父的钣金技术。他用一把木头锤子，不借助任何仪器设备，在一块冰铁板上左敲右敲，然后通过卷边、咬缝、拔缘、拱曲、连接等一系列眼花缭乱的操作，杂耍般摆弄，只几下工夫，就能做出一个"冰铁狗"或"冰铁猫"之类的小动物来，看上去跟活的一样，惟妙惟肖。

唐爷拿钣金手艺去联想治病救人，明显是在心底里暗讽何大夫，借着褒师父之名，行贬抑何大夫之实。这说明，唐爷对何大夫没能治好自己的疾病耿耿于怀，对名中医的名头没有心悦诚服。

医书上说："退行性骨质疏松症是骨骼发育、成长、衰老的基本规律。"既然是基本规律，就不可违背，无法抗拒，就应该顺其自然。

现在的问题是，唐爷仍被双髋关节疼痛所折磨，经过大半年的中医治疗又不见好转，那是不是还有别的办法？

巫医——

某日，朋友说起豫西南有位姓卢的大师，拆八字、算卦占卜特别神。

据说大师家乡有一个远房亲戚，选了宅基地准备盖房子。宅基地上原来有棵桃树，那亲戚正准备砍时，恰逢大师造访。大师说使不得，桃树乃仙人真身，若砍，必遭雷劈，引来杀身之祸。

年轻后生哪里听得进去，心想：村委会好不容易批了建宅地块，大师随便胡诌一下，就不让盖房子了？后生不信邪，手起斧落，三两下将桃树放倒，开始挖地基，上梁架瓦。

开始还很顺利，挖地基好好的，一直到上梁也好好的。但架瓦当晚，电闪雷鸣，暴雨如瀑，只听"咔哧"一声闷响，新屋齐根倒塌了。

更加奇怪的是，后生自己所住的与此地相距二三里路的老宅子同时倒塌，而邻里四周的房屋无一受损。

第二天有人看见废墟旁被砍的桃树直立起来，但见桃花飘零、花瓣撒了一地，仿佛泪下。好在新屋未住人，老宅子又是茅草搭建，年轻后生这才得以躲过一劫。

看在远房亲戚的份上，大师又支招了。后生恭恭敬敬请来一棵又粗又壮的桃树，移开宅基地，重新栽在原来的地方，这才得以安家乐业，六畜兴旺。

但大师已经收山归隐，不再问事。

唐爷却中了邪似的一心要寻到他。偶然间从朋友那里得知，大师将应本地一家房地产开发商盛邀，为该公司承建的地标性建筑测风水，他便几经辗转，约见了卢大师。

见过卢大师，其人果然不凡。一米九的高个子，单说那眉毛，浓密如斧凿一般，双目深邃，头发油亮，端坐时纹丝不动，一开口便发出洪钟般的声音。

"大师远道而来，一点薄礼不成敬意。"唐爷遵照提示，虔诚递过香钱。

"你请坐，女眷回避。"唐爷的妻子搀扶他进来，却被大师请了出去。

"报上生辰八字。"大师开口。

唐爷不知道什么是生辰八字："1955年生的，属羊，是生辰八字吗？"

大师瞪了一眼唐爷，也不看掌号脉，就让唐爷直挺挺站立，双手自然下垂，闭眼。大师围着唐爷转了三圈，边转边由嘴里发出"嘟嘟"的舌簧片的声音。

突然，大师对着唐爷后背猛击一掌，大吼一声："走！"这一掌来得太突然，猝不及防，唐爷感觉到一股强气流从后背直穿到前胸。他本能地睁眼，扭头回看，但见大师已经坐回到原处，双眉紧锁，闭目闭气，浓密的眉毛因这"走"的一吼，揪成了一团。

唐爷不知发生了什么，立在那里不知所措，惊魂未定。

"坐吧。你这个人面善好福气，一生没有遭遇过大坎坷磨难，妻敬女乖，长辈康健，事业巍峨。你们夫妻有夫妻相，可以双双活过九十五。但是有人嫉妒你，设置了障碍，这个人是你的好朋友。"

"好朋友？"唐爷不解。

"他附着在你身体四周，给你制造了一些麻烦，不过没有大碍，已经被驱赶走了。我再给你做个法事，就没事了。"

"真没事？"

"不相信神灵？"大师反问道，"明日子时，我去府上，你准备一个全新的不锈钢面盆和一百个一元的硬币，要新的。我去之前要净身。家眷全部请出，明白？"

"明白。哦，不明白，敢问，子时是几时？净身是什么意思？"

"子时，晚十一点一过就是了。净身，沐浴是也，沐浴洗澡你不知道？"

备好不锈钢面盆，又到银行兑换了一百个一元硬币，唐爷便在家静候大师的到来。唐爷在脑海里一直过着大师讲的话："有人嫉妒你，设置了障碍，这个人是你的好朋友。"这个好朋友会是谁呢？真有这么个好朋友吗？会不会是大师耍把戏，子虚乌有捏造出一个？抑或这个好朋友不是特定的，是泛指？

唐爷已经被大师洗脑了，怀疑真有什么附体之说，不敢不把大师的话不当回事。他开始搜肠刮肚思索找寻这个所谓的好朋友。

他先想到的是插队时的徐队长，徐队长已经在几年前因病去世了。卢大师"有人嫉妒你，设置了障碍"一说，只有在死人的阴魂不散，附着在活人身体四周时才成立。唐爷想：但他是兄长，他的才气学识远远在我之上，为什么反倒要嫉妒我，还要设置障碍呢？于情于理说不通。进工厂当学徒时的师父更不会了。他教会我很多，真心希望我好。记得一次值夜班，我不小心烤糊了棉服袖子，是师父把他的新棉服送给我的。我后来辞职离开是有原因的，这一点师父是理解的，他希望我有更广阔的前景，更好的发展，离别时，他还送了我那把自制的特别精致的珐琅彩夜明珠螺丝刀呢。老汪也不会，他也是兄长，同样才华横溢，作为合伙人，我们一起办公司，做生意。生意做亏了，公司倒闭，在最艰难的时候，股东都撤了，但我一直跟在他身边，跟他一起守着扛着。他一定不会因为公司倒闭这件事怪罪于我。

同学，朋友，还会是谁呢？能记起的他都在记忆中搜寻了个遍。

晚十一时过五分，大师飘然而至。他进屋四周查看一番后，从包里取出手绢大小、四四方方、金光闪闪的一叠锡箔纸，开始折叠金元宝。他一边折，一边用笔画符号，像是阴阳八卦之类的符。

折叠完六十六个金元宝后，大师把它们统统放到不锈钢面盆里。面盆放在客厅中央，他把屋里灯全部关掉，然后点火，"忽"的一下，金元宝瞬间被烧成了灰烬。

就在火"扑哧"一下闪过的时候，唐爷看到了大师的面孔阴森、狰狞，本能地打了个寒战。开灯再看，满屋子烟雾，灰烬悬浮在半空中，飘飘忽忽，半天不下来。

大师恢复容颜，正襟危坐交代："我走后，你需要做三件事。

一、三天后，也是子时，在离家最近的十字路口，抛撒一百个一元硬币，硬币必须是崭新的，四个路口方向都要撒，要均匀，动作要快。

二、餐厅和客厅正对着房门的玻璃门不能透光，用纸糊上。

三、康复后去趟青城山，日子在十五日后的亥时。"

"照我说的去做，很快就会重获新生，一个脱胎换骨、焕发夺目光彩的你将会全新出现。"卢大师说完，就倏然离开，不见了踪影。

按大师要求，他买来窗户贴纸，把对着大门的玻璃全部封贴上，使其不再透光，餐厅的光线明显昏暗下来。

三天后的子时，他开车去了离家最近的十字路口抛撒硬币。

车子开得很慢，但抛撒动作很快，也均匀。当晚下着蒙蒙细雨，路面湿滑，十字路口没车没人，喧嚣一天的城市安静下来。他抛撒在路面的硬币在潮湿路面的映衬下，反射着路灯光芒，银光闪闪，犹如倒扣过来的夜空上的点点繁星。唐爷脑海里冒出李白《将进酒》里的一句："千金散尽还复来。"

这一刻，他生出从未有过的畅快，畅快中还带着一种豪气。他的心境变得清澈透明，没有丝毫杂念，这种心境是刚刚抛撒硬币带来的。

放下大师在场时的虔诚和拘谨，这一刻的唐爷自由了，他一扫大半年来的阴霾，恨不得一飞冲天。

他从倒车镜里往回看。凌晨时分，辛勤的清洁工已经开始新一天的马路清扫。扫着扫着，他们见到了满地硬币，不禁要怀疑是不是起早撞见了鬼。

大师说的第三件事是十五日后的亥时去趟青城山，唐爷提前一天来到了都江堰。以他目前的身体状况，根本爬不了青城山。但是大师是神灵，他的话得听，得照办。爬不爬得上去是一回事，能不能摸到青城山山门是另一回事。要不然，之前做了那么多的法事，就前功尽弃了。

自打大师离开之后，他就掐着天数过日子。按大师的意思，法事过后的十五天，身体可以恢复如初、健步如飞，要不怎么去得了青城山呢？仅仅为了许个愿？就算许愿，还得上得去山，进得了庙吧？

亥时，是晚上九点到十一点，这个时间青城山的山门会开吗？明知道进不去，唐爷还是在亥时准点来到青城山的山门前，执着而虔诚。唐爷心里想：大师让我这个时辰来，莫不是在有意考验我的诚心和意志力？

青城山，古称丈人山。"漫山林木青翠，四季常青，诸峰环峙，状若城郭，单梯千级，曲径通幽，以幽洁取胜。"自古就有"青城天下幽"之赞誉，又有"拜水都江堰，问道青城山"之美誉。

唐爷被搀扶着进了上清宫，本想抽签占上一卦，想起以前的经历，就放弃了这个打算，他已把初见卢大师时的虔诚和膜拜忘得一干二净。看到那么多香客进进出出，他仔细一想：芸芸众生，几人入道门是指望活过九十五岁的？哪怕能多活一天，只要不痛不痒，就再好不过，足以谢天谢地了。

于是他在太上老君像前草草跪拜，许了个愿，胡乱往功德箱里塞进三五元皱巴巴的纸币，就甩掉搀扶，精神抖擞地去了下个景点。

松涛阵阵，山风徐徐，清风拂面，透彻了他整个身体。从高山上俯瞰，唐爷有种被拽回到尘世的感觉。从青城山下来，唐爷反思、检查自己，觉得愧对"唐爷"这个称谓，自觉这一生一事无成，不配这样来叫。他也觉得对不住"立业"这个名字，这辈子想干的事，一件没干成，真正辜负了这名字。

经过西医诊断，中医治疗，又虔诚祈求了大师，一番敬神拜佛，该想的办法都想过，都尝试了，一圈走下来，唐爷的病痛仍不见好转。无奈之下，他反倒释然了。求佛不如求己，好在双髋关节的疼痛有所减轻了。

已经有过最低谷的经历，甚至作过最坏的打算，触底就有反弹的可能，只要不是骨癌，不是股骨头坏死，就有痊愈的那一天。

余生所剩无几，活一天就像模像样一天。唐爷总算是彻底想明白了：说破天不就是缺钙吗？补就是了，多大点事。依靠自身力量跑步、骑自行车、晒太阳，搭上余生总可以吧？

唐爷掏出珐琅彩夜明珠螺丝刀，用指头来回揉搓手柄上"一路绿灯"几个字，像把玩玉器摆件、山核桃一样。揉搓多了，油脂浸润，四个字快给搓没了，需要戴老花镜才可依稀辨认出来。字磨平了，以后的路好走吗？会像师父刀刻寄语，一路绿灯亮下去吗？未必，道路一定不会平坦，总会有红灯，起起伏伏，坎坷难免。

唐立业在他所在的小区，发起成立了老年骑行队，还组织跑步爱好者成立了长跑队，队长都由他担任。他用自己的亲身经历告诉骑友和跑友，这两项运动对身体的好处，还对老哥老姐们说："小区有块小草坪，没事经常去那里聚聚，聊聊天，晒晒太阳就更好了，对补钙有帮助。"

以前邻里街坊叫他唐爷，是碍于面子的勉强，不是发自内心的，唐立业感受得到，他自己应起来心里也发虚。但自从当了队长后，这声"唐爷"叫起来那么好听，他应起来也自然舒坦。用唐立业自己的话说，真正感觉有个"爷"的样子，是从当队长那天开始的。

住院，居家阿姨

本篇人物：陈莉荣——原"星耀班"学生。

本文说的不是住院陪护的阿姨，也不是护工，而是居家阿姨，也有叫保姆的。当然，特殊情况下，雇主生病住院，居家阿姨随同去医院陪护，这在签订居家聘用合同时有条款约定，也不在本文述说之列。

先聊住院的事。

医院住院部走廊上迎面过来一个人，看着眼熟，她戴着口罩，看不清模样，但轮廓还在，像是我的一位高中同学。当时我也戴着口罩，在避让护士推车的时候，她与我几乎擦肩而过。五十年未见，我当然不敢贸然相认，她也没有一点反应。

我看她进了病房，便尾随了两步，想确认一下。她进入病房后，随手把门带上了，动作很轻，或许是出于礼貌怕吵到同房的病友，或许是气力不够，或许是疲惫厌倦了，就这么本能地顺手一带。

我反正闲着，就在她的病房外倚墙而靠，一边翻手机里的同学通讯录，一边注意着病房门。翻同学通讯录显然不明智，因为她的名字我都不记得了。我又翻了翻微信通讯录，看能不能通过头像辨认一下。这更加不明智，甚至是愚蠢，且不说微信里用头像的人不多，就算有，要么用的是风景照或网红打卡地的景观照，要么是孙子或孙女隔辈的照片。微信是近十来年才兴起的新科技，我们五十年没见面了，我怎么会有她的微信号呢？

我开始凭记忆去搜索，如果印象中的那个同学，与现在病房里面的同学是同一个人的话，说明我的记忆力还算可以，老年痴呆应该至少是十年以后的事。我觉得不应该着急，就继续等着，等门打开。一江水都喝了，还在乎这一勺？半个世纪都过去了，不在乎这一时半刻。

护士站传出"嘀嘀"的响铃声，接着门里传出沉闷的呼叫护士的声音："液输完了，该换吊袋了。"仅凭这呼叫声，我还是无法判断是不是她。

护士拿着两袋滴液推开门。她斜坐在病床旁，半张脸对着门，是她，就是康莉，准确无误。"康莉。"我轻轻叫了一声，她把脸正过来。她认出了我，站起身来，问道："老同学，你叫高什么来着？"

我回答道："高兴旺，高兴旺。"

陈莉荣说："你搞错了，我不叫康莉，叫陈莉荣。"

"对对，陈莉荣，陈莉荣。"我赶忙纠正。

上个月，我还和康莉、何灵芝、陶宝等几个同学在"德华楼"一起吃过饭，所以我一口误就把陈莉荣叫成康莉了。心里想的和嘴上叫的不一致，但她俩长得有点像倒是真的。前一刻，我在病房外倚墙搜索印象中的那个同学，与现在病房里的这位同学，的确是同一个人，这证明我在十年后脑子应该不会有大问题，但小问题应该有，毕竟叫错了名字。

"我的错，我的错。"

"老高你身体怎么了？"

"做了个小手术，没事的，再有两天就可以出院了。"

"你呢？"我问。

"不行了，浑身是病，一下死不了。没办法，还得照顾九十六岁的老妈。"

我开始以为是陈莉荣住院，原来是在照顾她妈。病床靠背摇到半竖起的位置，陈莉荣的老妈半躺着。我凑过去叫了声"阿姨"。阿姨微微睁了一下眼睛，想看是谁来了。陈莉荣凑近她耳朵，声音提高了八度："我老同学看你来啦。"多么熟悉的声音。

陈莉荣跟我说："老妈住院差不多两个月了，我几乎天天在这里守着，主要是吃不好睡不好，尤其是睡不好。病房有空床的时候还好，可以蹭一晚，不然就只能铺折叠床，窝在里面老骨头都散了架。这还不说，一晚老妈还得起好几次夜，端屎端尿，怎么睡？"

"怎么不请护工？你也是七十岁的人，时间长了怎么受得了？哪怕姊妹妯娌搭把手，也好喘口气。"

我的问话似乎戳到她的痛处。陈莉荣说："出去说。"她憋了一肚子话没地方说，已经很久没跟人交流了。

我以为她会唉声叹气、一肚子牢骚，但她没有。她把话题岔得很远，拐了很大一个弯。她跟我说："欣欣告诉我，为你小说集写序的序作者，是他在武大读研究生时的同门师兄。"

"欣欣是谁？"为我的小说集写序的有两个人，是哪一个？我一想便明白过来，欣欣所指的应该是"序二"的作者。

"欣欣是我儿子，王子欣。"她说道。

这也太巧了吧。

说到儿子，陈莉荣整个人就像活过来了似的，眼睛有了神，与在病房的样子截然不同，不像一个七十岁的老人。

"有这么巧的事，你读了我的书？"我问。

"岂止我读了，我儿子也读了。你不记得了？你让班长送来的，上面还有你的签名呢。你写留学生家长在国外生活的故事太真实了，就像在写我似的，读着读着就流泪了。听我儿子说，他这个师兄和你是一个单位的同事。"

"是同事，还有另外一层关系，我与他岳父还是很好的朋友，又是合伙投资人。"我说道。

可见天下读书人一家亲。陈莉荣说起儿子时的状态完全不同了，语速加快，话是蹦出来的，拦都拦不住。她一边说，一边还掏出手机，指着手机上一幅幅照片说："这个是我儿子在美国，这个在夏威夷，这个在香港，这是儿媳妇、孙子、孙女。"她的手机相册里存满了照片，她用指头在屏幕上不停滑动，像是在播放 PPT。

PPT 放完了，她又化零为整，整段整段地细述起她儿子欣欣来："当年欣欣和他的那个师兄，两人一起拿到了武大硕士学位后，这位师兄去北大读博了，我也希望欣欣去北大，可欣欣就是不去，非要去美国。美国有什么好？可我和他爸都拦不住。不过后来还算不错，拿到博士学位后进了高盛公司；再后来，就娶妻生子，买房入籍，按部就班，这一切都是欣欣自己设计好的路线。我去过美国好几次，说实话，那里环境好，空气好，住的房子也好，那里的人也有礼貌，可就是语言不通，在那里没有朋友，寂寞得不得了，不过我慢慢也喜欢那里了。儿子、儿媳妇希望我留在美国，帮他们带孩子，想移民也可以。你看到了，我老妈这个年纪，也不知要熬到什么时候，我怎么走得开？不要说移民了，连帮忙带孙子的时间都没有。"

只有谈起儿子、孙儿的时候，她才忘记了自己是七十岁的老人，才觉得自己还是个活力四射、无比健康的人，才觉得生活下去是有意义的，才没有一点烦心杂念存在。

陈莉荣忘了我以此为题材专门写的那本书，像欣欣这样留美学生的故事我听得多了。她现在给我讲这些，莫不是想给我提供素材，希望把她儿子的经历写进书里？无疑他儿子很优秀，可我已经不需要这样的素材了，也不再有兴趣写此类题材了。当然，我不会当她的面这么说，我岔开了话题。

我们这才互加了微信，她的微信头像果然与大多数当妈的一样，是她儿子欣欣，头像背景是高盛气派的办公大楼。她的微信昵称是开心果。这个昵称太常见，几乎每个群里都有，大一点的群，甚至有好几个，为了区分，只得修改备注，开心果甲，开心果乙等。

病房里传出阿姨重重的咳嗽声，病房外的谈话就暂告一段落了。

我早已等不及了，急匆匆下楼，到了医院街对面的煨汤馆，全然不顾医嘱，喝了一碗油水很大的筒子骨藕汤。什么嘌呤、拉稀、滑肠子之类的恐吓，在筒子骨藕汤前不值一提。

很久没有进荤腥，筒子骨藕汤下肚，解馋过瘾。因为确证了十年内老年痴呆跟我没关系，筒子骨藕汤也算是对自己的犒劳，算是庆祝宴了。

我要出院了，我要去陈莉荣那里告诉她一声，也看望一下她的老妈。阿姨睡着了，还输着液，陈莉荣趴在床尾，扭曲的姿势看着就难受，但她却睡得很香。一个七十岁的病恹恹的老人，照顾着一个九十多岁更老更加病恹恹的老人，看到此情此景，没有人不觉得鼻子酸的。在实际生活中，这样的景象并不少见，大多数家庭都这么熬着，硬撑着，不知道哪天是个头。

你当然不能去诅咒，只能把苦难埋在心里，再难也要熬，也要撑，用已经不年轻的生命的加速消耗，去维持延缓更不年轻的生命的微弱颤动，支撑和延缓的意义已经不在生命本身了，而全部落在了两个沉重的字头上：孝道。

我把头从掩着的门里缩回来，不小心整出了响声。这点响声惊醒了陈莉荣。见是我，她起身随我出了病房。

我本想问她住院为什么不请护工，但怕她不好回答这个尴尬的问题，就换了一句话问："我看天天都是你在这里守着，你姊妹妯娌呢？他们搭把手，你也好喘口气，歇一歇。"我这是在重复上次的问话，因为上次她没有回答我。我不忍心看陈莉荣这个样子。

"老高啊，姊妹妯娌又能怎么样？都有各自的家，也都是爷爷奶奶级别的了，还不都一样，上要服侍公婆，下要带孙娃、做饭、接送上下学，自己都忙晕了头，没一个靠得住。我已经算很好的了，孩子、孙娃不在身边，身体虽说勉强，但时间倒也腾得出来，就只好多出点力了。这不还不用请护工，也好省点钱。"

"住院毕竟是短期的，这样顶一下也就算了，你老妈出院回家了怎么办呢？"

"回不回得了家难说，可能就在这地方了。还是多想想我们自己吧。"陈莉荣说这话时很苦涩，也很无奈。这话憋在她心里很长时间了吧。

"别这么说，阿姨过得去的。"

"我还不知道我老妈的身体状况？有些避讳的话，说不说就那么回事，摆在那里的，不说就不存在了？"

"摆在那里的就该说？生活中有些事不可以视而不见，有些则可以当作不存在，该避讳的还得避讳，多说吉利话总还是好。生活在吉利中总比生活在避讳中好。"

"何必自欺欺人呢？到我们这个年纪了，住院会是常态，今天走一个，明天走一个，都将是常态，连吃惊都不会吃惊了。再往后恐怕连伤心都来不及了，就像我妈这样，下一拨来接班的不就轮到我们了？"

看来沉重的话题是绕不开了，在医院这样的地方谈这个话题，似乎又是个适宜的应用场景，要是放在殡仪馆谈就没有任何意义了，要谈，那是鬼话。还是应该往好了想，往好了想。

"她们这辈人，"陈莉荣朝病房里面指了指，"吃了那么多苦，好在子女多，晚年可以由孩子轮流照顾，我们这一辈就不行了，基本上都一个孩子，还不在身边。你我就更不现实，孩子在大洋彼岸，那么远，根本指望不上。你说是不是？"

说完，又朝靠窗的病床指了指："看到没，病床上的这个老太太七十六岁，在这里半年了。她的俩儿子，早年都携自己妻儿移民去了 T 国，把老母亲一个人留在了国内，等在 T 国站稳了脚跟，开始考虑把老母亲接过去，等办妥移民手续，变卖了国内房子，处置了所有财产，准备订机票的时候，她突发脑出血，住进了医院，只好暂时放弃了去 T 国的打算，要等恢复了再做决定。儿子给她请了个护工，工钱高出其他护工三分之一，并作了个令人辛酸的决定，家母如遇突发情况需要亲属签字的，全权委托该护工代为签字。现在老太太暂时没有生命危险，但没有意识，生活不能自理。远在 T 国的儿子只有隔三岔五拨通护工的电话，通过手机视频看望母亲了。

"连护工自己都这么说：遇到这种情况，对我来说，不知是该高兴，还是不该高兴。钱是多了一点，但人心是肉长的，看着就难受，心里过不去。说起人的命来，天灾人祸，生死难卜，世事难料，注定都是老天爷安排的，谁也说不清明天会发生什么事。真是'后颈窝里的毛——摸得着，看不着'。连照顾她的护工，都把生命的道理看穿、看透了。"

"老高，你说这老太太可怜不可怜，连一个能够在病危通知单上签字的亲属都不在身边，还回得去吗？还有家吗？家在哪里？"

再聊居家阿姨的事。

我与陈莉荣开始聊起养老的事来。目前比较可行的养老方式有两种，一是上养老院，二是请居家阿姨。

只有一个孩子且又常年不在身边的老人，条件许可的话，去养老院是一个选择。起居有身边的人照料，吃、住条件都比较好，一些基础疾病检测、日常服药有人照管，还有一群老哥老姐可以一起交谈，不会太寂寞，如果有什么爱好，也可以互相交流切磋。更重要的是，去养老院不牵扯孩子的精力，让孩子们安心工作，照顾好自己的小家。

不过受传统观念影响，人们对去养老院有看法，认为这是子女不管老人了，让他孤零零地一个人待着，是有悖孝道的表现。持这种看法的人不在少数，老的少的都有。

现在国家为老年人提供的社会化服务越来越好、越来越精细化了，普遍来说，传统观念在淡化、在转变，不少人选择去养老院。服务条件好的养老院，收费还是比较高的，大多数家庭承担不起。便宜一点的，条件又跟不上，没有居家舒服自在。

同样是没有孩子陪伴，请一个居家阿姨在家里养老的方式，更加为大多数家庭所接受。说到居家养老，陈莉荣有更深的体会，她先后为她妈请过好几个阿姨。

陈莉荣扯得有点远了，她不无得意地说到她们家早年雇请居家阿姨的事来。这的确是一个年代久远的故事。看来陈莉荣很能讲故事，讲得四平八稳，啰唆是啰唆了点，但总归是把一件事情描述得清楚明白：

我妈妈是上海人，20世纪50年代初，从上海某大学毕业后，被分配到了武汉一个军工研究所工作，工作几年后在武汉安家，结婚生子。那个时候，各行各业建设新中国的积极性空前高涨，由于工作需要，我父母经常出差，时间长的甚至一两年回不了家，只好把我和妹妹送到上海的外公外婆家。我妈懂得没有父母的陪伴不利于孩子心理健康成长的道理，想把孩子带回武汉。正好我外公家有一个女邻居，五十来岁，我不知道她的真实姓名，大人小孩都叫她汪大姑。汪大姑的丈夫早几年因病去世，她自己的孩子都大了，工作的工作，嫁人的嫁人，自己独居在家无事可干，就跟我妈来了武汉，帮忙照看我和弟弟妹妹，做家务活。

我们当然不能直呼汪大姑，叫"阿姨"也不合适，妈妈让我们叫她阿婆，于是我们一家人都叫她阿婆。邻里街坊起先感觉"阿婆"这个称呼很新鲜，像是闽南、客家一带的。她说的话叽里呱啦一句也听不懂，不像吴侬软语口音，哪怕听不懂也可以猜出两句，嘴上不挂着"阿拉""侬""啥地"的怎么能算上海人？这就像不把"么事沙""个板马"挂在嘴上就不是武汉人一样。家里就这么多了一个人，她不上班，整天看孩子烧火做饭，长辈不像长辈，亲戚不像亲戚，住在这里也不走，对谁都是一脸笑，就是没办法交流，说不上一句话。但大家都知道她是从上海来的，上海是多么繁华洋气的城市啊，所以都投来美慕的眼光。

　　原来阿婆祖上还真是客家的，她十几岁就从广东梅州找到在上海滩做生意的父亲，过了几年阔小姐生活，不久家里生意败了，家道中落，父亲撇下家人独自去了香港，就此一别杳无音信。照理说有过这样经历的人，怎么能干好阿姨这样伺候人的活儿呢？恰恰相反，阿婆是个知书识礼、举止优雅、知冷知热的人，不仅干活儿麻利清爽，做的饭菜又合口味，孩子也带得好。

　　我妈妈把与阿婆的关系处理得特别好，家里一切都交由阿婆打理，菜钱、米钱以及日常的开销都放在抽屉里面，她自己根本没数。

　　邻里街坊知道了这层关系后都很惊讶：请阿姨，是只听说，没见过的事，现在就在身边了，而且与印象中的又完全不同。阿婆与邻居们相处得也很好，年长的、年轻的、小孩子慢慢地都叫她阿婆，以至于在以黄陂话为母语的老旧城区，冒出一个时尚称谓，一时间"阿婆，阿婆"的叫法盛行开来。一个十里洋场才有的时尚称谓，因阿婆的到来，在这里安了家，落了户。但时间一长，阿婆的口音也变了，蟹黄、干丝、生煎包，变成了热干面、豆皮、糊米酒味道。上海阿婆被时间冲刷洗礼成了黄陂阿婆。

　　那个时候我觉得阿婆在我们家，是件特别值得炫耀有面子的事情，谁家添了大厨柜、二八自行车、缝纫机都赶不上阿婆值钱。阿婆不能用金钱衡量。而且我明显感觉到，邻里街坊对我们家的态度，比原来还要好。

"把阿姨处成了亲人，成了我的亲外婆。"这是我从小到大挂在嘴边的话。直到现在，我们还与阿婆的后人保持着联系，她的小外孙女也都快七十了，我们还叫她的小名——燕子。燕子东南飞，每次飞来武汉我们都亲热无比，情同亲姊妹。

一晃眼我妈快九十了，阿婆已经离开我们四十年了。那个时候我妈请阿姨是为了我们，现在我们请阿姨是为了妈。我妈怕我们辛苦，也有意愿考虑为自己请个居家阿姨。

现在社会上的家政中介机构很多，有几家比较规范、服务比较好。我们前前后后为我妈请了不下六个居家保姆，但留不住，留不长，多则三五个月，少则三五天，就把人家气跑了。这里面有居家阿姨的原因，但主要原因在我妈，三五天的不说了，就说时间长点的那几个吧。

第一个叫王腊香。快六十岁了，做了很多年的居家阿姨，见过各式各样的家庭，经验丰富。她尤其炒得一手好菜，特别是腊味菜系列，跟她的名字很搭，总是把雇主家搞得满屋子腊味飘香，博得很多家庭的喜爱。她之所以干的时间比较长，就是因为我妈妈喜欢吃她做的菜。

王腊香有个特点：在一些事上，我们说不应该这样做，她当面不反驳，但会不高兴，样子很难看；但唯独在做菜这件事上，你提出意见，她不仅不反感，反而会特别高兴，虚心接受。有一次我妈妈说："如果腊肉、腊肠里搁点糖就好了。"她听进去了，过完春节回来带的腊肉、腊肠里面果然加进了甜味，我妈妈特别高兴。夸她菜做得好，做出了旧时沪上味道。可见，她对炒菜这件事是真喜欢，真上心。

但甜口不能抵过，沪上味道无法改变我妈对王腊香性格习惯的看法和不适。王腊香脾气急躁，嗓门高，重手重脚，我妈甚至不能忍受她在滚烫油锅下菜时"砰"的一下发出的声响，说自己心都快蹦出来了。但是说她也没用，已经成习惯了，说她反而会顶几句："听不到'砰'的声响，那叫炒菜吗？装在盘子里颜色发暗，软塌塌的还能吃吗？"问题是，不光光只是每天做中餐、晚餐时滚油下菜"砰"的这几下，刷碗、拖地、关门开门等，包括嗓门，只要是她干活儿时发出的声响，在我妈听来，无一不是平地起的炸雷，如同连环炮一般，震得她耳鸣嗡嗡直响。长此下去无法忍受，就只能把她辞退了。

在与王腊香的交谈中，我知道了她的一些经历。原本她有一个幸福的家庭，她老公是村支书，在方圆几十里也算是个有头有脸的人物；她儿子在广东东莞经营一家餐馆，生意还不错；女儿嫁到了邻村，随丈夫在义乌打工。王腊香在家带孙子，还种了几分菜地，闲时去村集体办的加工厂帮个忙，挣几个活钱来补贴家用，生活过得也还安逸闲适。

不料那年干旱，严重缺水，邻近湾子的村民为抢水，和王腊香所在湾子的村民打了起来，棍棒锄头场面一片混乱，身为支书的老公不能不冲在前面，试图阻止这场争斗。没有想到的是，他在紧急关头隔挡对方过来的棍棒时，反而失手把对方打倒在地，那人在送往医院的途中不幸死亡。王腊香老公因此被判了十二年有期徒刑。老公服刑，王腊香只好去东莞儿子的餐馆帮忙。因缺炒菜的师傅，王腊香赶架上灶台干起了师傅的活儿来，几年下来倒也像模像样，把"鄂"菜炒出了名堂和名气。在最不缺美食的东莞，她居然赢得挑剔食客赞誉，争得低端菜品的一席位置，从而站住了脚跟，也算是事在人为了。

王腊香是个有经营头脑的人，见各个餐馆门口都有一台博彩机，供进店吃饭客人等餐时稍事娱乐。这种博彩机，占地不大，无需人管，但收入可观，于是她便学着人家，在店门口装了博彩机。装就装吧，人家就装一台，王腊香心思大，偏偏要装两台，想要赚人家收入的两倍。

要不说"听人劝，吃饱饭"呢？装博彩机前，她儿子就说过："一台是娱乐，两台是赌博，性质变了。"但王腊香一头钻钱眼了，哪听得进儿子的话，还搬出自己的观点："一头猪是赶，两头猪也是赶。"结果一个月后，辖区派出所民警就上门查封了博彩机，并处罚款一万元。罚款也就算了，还把王腊香拘留了十五天。猪没赶进去，反倒把自己给赶了进去。不听劝，饿肚子，戴镣铐，没落下一点好。

接二连三遭受打击，王腊香好不容易积攒起来的心气和重新建立起来的生活勇气，一瞬间就消失殆尽了。她心灰意冷，看儿子、儿媳也不顺眼，于是放弃了灶台颠勺的活计，自废厨师武功，回到家乡，干起了家政。

第二个阿姨叫董春雨。她看上去倒像个需要被照顾的人，颇有点小家碧玉模样。她一进家门，就被我妈一眼相中。用我妈的话说，一副旧时大户人家的丫鬟楚楚动人的样子，看着就心生怜悯。正所谓老小老小，我妈这是沪剧看多了，把自己看"糊"了眼，看傻了。

董春雨和丈夫离婚后，带着儿子回了娘家，当时儿子考上了县里最好的高中——县一中，所以董春雨暂时没有考虑去找工作的事，而是在县一中附近租了一间房子，开始了三年陪读生活。儿子很争气，没有辜负妈妈的一片苦心，高分考进了985名校。没有了后顾之忧，董春雨就到武汉开了一家美容店，但经营了三年，连年亏损，只好关门歇业，干起居家阿姨来了。

与王腊香粗线条的性格形成鲜明对比，董春雨干起活儿来慢条斯理，轻拿轻放，说话轻言细语，闲时还化个妆，干活儿还算勤快，但不主动，做菜水平一般。

我妈喜欢不干活儿时的董春雨，不喜欢干活儿时的董春雨。这话怎么说呢？居家阿姨就是来干活儿的，不干活儿当摆设，成什么了？说白了，我妈就是自恋，喜欢她自己年轻时的模样。董春雨在屋子里晃来晃去的影子，就会唤起她那时的回忆，这种感觉很奇妙。董春雨也乖巧，空下来的时候会陪我妈聊家常，这也是我妈喜欢的。

但评价居家保姆的好坏，还是看活儿干得怎么样吧？干家务活儿慢了点，这倒没什么，但我妈不能容忍的是，她会随意挪动摆放东西。董春雨爱收拾屋子，还按自己的习惯喜好移动家里的陈设。她用心并不坏，客观说，经她挪动后摆放的东西，确实更协调，要好看些。可问题在于，老人看惯了、用惯了、用顺手了的东西，不要随便动。她原来眼睛所及之处的东西突然没了，或者放的不是原来的东西，老人会陡生焦躁，心情一下阴沉下来，这不利于健康。

晚饭后，董春雨会陪我妈在小区散步，我妈和别的大爷大妈聊天的时候，居家阿姨也会聚在一起嘀嘀咕咕。阿姨和阿姨之间会相互询问各自雇主家的情况，打探消息，诸如雇主的脾气好不好，雇主家的收入怎样，开多少钱，每个月放几天假，等等，把各自的家政经验教训传授给对方。他们相互叮嘱对方最多的话是，"在雇主家不要多事，不要多话"。

不生事，少麻烦，这有多好，可实际做的却不是这样。

我妈特别反感董春雨与这些人搅在一起，东家长，西家短，怕她被带歪学坏了。董春雨有些小性子小脾气，不会当着我们的面在家里使，但她没有宣泄的地方，只有独自生闷气了。每次问她有什么不愉快的事，她就是不说。她高兴起来整个人变了个样似的，她儿子考上中国科学院大学的研究生时，她自己掏钱去超市买了一只烧鸡，还买了各种卤味拼盘，硬是整出一桌拿得出手的菜来宴请我们全家。

结果还是把她给辞了。

第三个叫褰梨花，这是在我家做得最长的一个。因为她姓氏稀罕，来家之前，我妈研究"褰"这个字差不多用了半个月的时间。这个绝大多数人不认识的生僻古怪的"褰"（jiǎn）字，给我妈带来了很大的困惑。用我妈的话来说，非要把这个字的前世今生研究透彻了，才能决定是不是雇请这个人。

褰当作姓氏，起源有二：一说相传为伏羲氏臣子褰修的后裔；另一说出自赢姓，春秋时期秦国大夫褰叔之后。褰姓在历史上曾经是名门望族，后来其中一支受到皇帝迫害，逃亡到湖南湘西的一个偏僻山区（也有江西某县一说），躲避灭族之祸。几百年来他们艰辛农耕，自给自足，繁衍生息，其中一小部分后人为谋生，又去了湖北鄂西的利川、建始、咸丰一带讨生活，在那里安营扎寨，自成一派，发展壮大起来。

"蹇"的字义多与苦难灾难联系在一起,有困苦,行动迟缓,不顺利的意思。作为名词时,又意为劣马或跛驴。作动词时,则意为骑驴。在与别的字组词时也没有一个褒义的,如"蹇涩",指生活困难,不顺利;"蹇运",指不顺利的遭遇;"蹇拙",意思是文章或修辞呆板不流畅。这会不会是某种暗示?

我妈上年纪后,爱无事生非,而联想又异常丰富,一旦纠结起来,往往深陷其中无法自拔。我妈年轻的时候,因工作需要,曾经在河南新乡的一个军工企业待过一段时间,胡乱联系一下,就联想到了郭亮村。

郭亮村位于河南省新乡市辉县的太行山深处,是一个有着悠久历史和独特文化的古老村落,相传这个村庄的起源可以追溯到明朝中期。当时,一名叫郭亮的年轻人,带领村民躲避战乱,来到太行山的深处。他们在这个地势险要的地方扎根,开荒种地,建设家园。经过数百年的变迁,这里逐渐发展成为一个有着独特文化的古老村落。

然后我妈接着又联想到了一个外国的例子。在美国费城的边缘处有这么一个族群——"阿米什人"。这个族群信仰基督新教,过着十分简朴的生活,他们拒绝一切电力、汽车等现代化设施,不接受社会福利,不接受政府帮助,不购买社会保险,不从军。他们着装朴实,拒绝流行服装样式,男人戴传统的宽檐帽,蓄胡须,女人披白色头盖,以示对《圣经》

的遵从。

原来阿米什人这个族群也是有着坚定信仰，自愿过着俭朴生活的再冼礼派教徒，因为受到教皇的迫害，而被迫由欧洲移民美洲，这个族群的总人口数大约有 20 万。

我妈这哪里是在挑居家保姆，有一搭没一搭地瞎联想，完全是在教授中华历史上下五千年，普及世界宗教文化知识。

要不说有文化的人很可怕呢，咬文嚼字，刨根问底，喜欢钻牛角尖，结果搞得自己陡生烦恼，越想越不踏实，整夜睡不好觉，这岂不是自己折磨自己？一方面好奇，想一探究竟，一方面又视之为洪水猛兽，唯恐避之不及。说穿了，我妈不是怕蹇姓，而是怕找来的又是一个不合适的居家阿姨。

其实蹇梨花就是一个从鄂西利川团堡镇野猫水村的山沟沟里走出来，进城做家政的山里妹子。但蹇梨花这个悦耳动人的名字，给人感觉太不真实，很容易让人联想到戏台上的人物樊梨花来。樊梨花是大唐贞观年间人，中国古代四大巾帼女英雄之一，和花木兰、穆桂英、梁红玉相比，她身上的神话色彩似乎还要更浓厚一些。《说唐》《薛家将》在讲到薛丁山征西的故事时，无一例外都要讲到这样一位富有叛逆精神，并且敢于大胆追求理想爱情的古代女子。

但蹇梨花就是蹇梨花，与樊梨花扯不上一丁点关系。蹇梨花身处社会底层，做着平凡的家政工作，没有沾一丝樊姓的光。两人不过同名而已，此梨花非彼梨花，就不要往高贵显赫上去攀了。何况樊梨花本就含有浓厚的神话色彩，不过是一个民间杜撰的传说，仅仅存在于古装戏台上。

塞梨花则对自己的姓没有兴趣，甚至有些讨厌。陌生人开口就会问："这个姓怎么念？"熟人虽然没有恶意，但直接"塞"姐、"塞"妹叫着，难听刺耳，怎么听都像不怀好意。塞梨花说自己从小到大就没有把这个字写工整过，都因笔画太多。

山里人质朴、勤快、忍耐的特质，很快就在塞梨花身上体现出来了。

她见事做事，无事找事，一刻也不闲着，饭菜做得也还算合口味。最让我妈喜欢的是，厨房灶台、抽油烟机这些藏污纳垢很难清洗的地方，总是洁净如初，照得出人影，这点特别像汪大姑。她既没有王腊香的鲁莽，也没有董春雨的多嘴。

两个月过后，塞梨花和我们一家人都处得很熟了，说话办事，进进出出也都随便起来。我妈发现塞梨花自家的事特别多。今天这个亲戚，明天那个亲戚，手机上电话和视频聊天不停。

塞姓家族本就是个和谐的大家庭，虽说家族里很多人在外打工，但像塞梨花这样在外干居家保姆的却很少，所以家族里的嫡亲对她都特别牵挂，经常会问她，雇主对她好不好，有没有受气，吃饱了没有，等等。

蹇梨花有几个嫡亲在武汉打工，她姐就在近郊租了地，在塑料大棚里种蔬菜，隔三岔五会把时令新鲜的西红柿、黄瓜、豆角一箱箱送过来。她还有个堂哥做的是水果生意，大路货不用说，还时不时送来些稀罕东西，比如仙人果、山竹，还有澳洲、新西兰产的叫不上名来的水果。蹇梨花每次从团堡镇回来，也会带一大包家乡土特产：土鸡、土鸡蛋、熏腊肉，还有山里的野味，最好的是当地有名的山药。

我妈清静惯了，不适应有人频繁走动。蹇梨花一大家子人，这么来来回回，把家里搞得跟菜市场似的，我妈感觉很闹腾。除这一点外，其他也挑不出蹇梨花的什么毛病。其实，倒是我妈说了不少伤人的话，蹇梨花都忍住不吭声。老年人一辈子的习惯，就是改不了，固执得很，说了伤人的话自己意识不到，还理直气壮。这时，她又起了心思，想辞退蹇梨花。

说到底，我妈在以阿婆为标准找居家阿姨，这就难了，世上哪有秉性一模一样的人呢？互相包容，相互适应，才是为人处世之道，但这个简单的道理在老年人那里说不通，纠正不过来。我们都不同意辞退蹇梨花。我妈自己也觉得理由不充分，也开不了口。

除了习惯上的适应问题外，性格上也需要相互适应。家里陡然来了个陌生人，同吃同住一个屋檐下，抬头不见低头见，彼此也有个适应的过程，这是一个很简单的道理。

最后我出了个主意——正好我妈要住院，就以这个理由，让蹇梨花休息一段时间，等出院后再回来。我妈觉得这个方法可行，既避免了蹇梨花的误解，又不会造成伤害。

蹇梨花怎么会没有意识到呢？她内心很委屈，想把话说明白，可又不敢开口，因为雇主并没有明确说让她走，只是在特殊情况下，让她休息一段时间。

蹇梨花还是找我谈了一次，说了她家里的实际情况。她说得很直接：她需要这个岗位，需要钱。这几年老公在家养鱼，第一年勉强维持，稍微赚了一点，第二年年底鱼价走低，卖不出价钱，亏了十几万。去年，他又向信用社贷了二十万元和别人合伙开了个小酒厂，要是再亏下去，日子就更不好过了。她嘛，在外面一年有个五六万的收入，旱涝保收，没风险，一日三餐，住宿都不要钱。孩子大了，在外打工，倒也不担心，就是想孩子能够早点娶个媳妇回来。老公一个人在家，辛苦肯定是辛苦，孤单也是孤单，心疼也是真心疼，怎么办呢？再难也要撑起来，蹇姓世代族人都是这样顶过来的。

"我被蹇梨花最后一句话打动了，不在于她生活艰辛本身，而在于她对待艰辛的生活所持的态度。"陈莉荣最后说道，"我已经想好了，我妈出院后，就把蹇梨花请回来，我想我妈会同意的。"

病房里传出低回婉转的戏曲唱腔，依稀像是《梨花颂》唱段："梨花开，春带雨，梨花落，春入泥。此生只为一人去，道他君王情也痴，情也痴。天生丽质难自弃，长恨一曲千古迷……"陈莉荣说："这是我妈在哼哼，她其实是还惦记着蹇梨花。其实不止这次，我在家里也听到她哼过好几次。"

蹇梨花真是好福气，在全然不知情的情况下，被这一家子人惦记着，这是对她工作的最高褒奖。在她自己不知道的情况下被人在背后夸奖，这是对她最大的认可，甚至可以说是最高的赞誉。

每个居家保姆身后都有自己的一大家子人，甚至可能会牵动一个大的家族。雇与被雇，关系的只是一份工作，双方在人格上是平等的，彼此应该相互尊重，相互包容，相互适应。

爱是可以传递的，从上面案例可以看出，居家阿姨在原生家庭没得到爱的话，也不可能把爱带给雇主家，因为她不知道什么叫爱。蹇梨花则不同，她被家庭的爱所包裹，被亲情所包裹，自然知道怎么去爱，也会把爱播撒出去，传染给身边的人，尽管她并不知道自己究竟做了什么。她的行为朴素到说不出来，但别人可以感受得到。

养老方式还有很多种，比如抱团养老。一帮志同道合的老年人，要长时间集聚生活在一起，始终保持和谐，没有分歧，不闹意见，这得满足很多条件，所以也算是一种小众的养老方式了。

"老高，你在美国待过，一定听说过老太太变卖房子，和老伴乘坐邮轮共度余生的故事吧？"陈莉荣说的是一种更为小众的养老方式，参考借鉴的意义不大，听个稀奇罢了。

到这里，我以为她说完了，但没有想到陈莉荣这么能说，最后还来了个总结："现代化的分工越来越精细，这是社会发展的必然趋势。收入水平在提高、生活节奏在加快、工作压力越来越大，使得许多人需要有专门的人群来承担繁重的家务，'家务劳动产业化'使现代都市对家政服务提出巨大的规模性的需求。"的确，我们即将面对的是走不动路、生活不能自理的现实问题，要早做打算，考虑如何安排。现在看起来人还好好的，但想不到的事可能明天就发生了，如果不未雨绸缪，到时就会慌乱，不知所措。

正要分开时，陈莉荣的手机响了。我在一旁听她回对方的电话："实在抱歉，真去不了，我现在还在医院里，我老妈还在住院，我也住院。"

她挂掉手机后，我的手机响了，是班长的电话，通知我参加毕业五十周年纪念活动。我说："实在抱歉，真去不了，我刚做了手术，还在住院。"

电话那头班长会不会觉得奇怪，这两人说的话一模一样，怎么会都在医院里呢？

于是我问陈莉荣："刚才是班长的电话，你为什么也说住院了呢？"她回："这样回答，理由不是更充分些吗？"

"现在参加聚会的人越来越少，很多都是因为身体原因去不了，今后这会是常态。'见一面，少一面'这样的话最好还是少说，终归太过伤感，影响情绪，听起来跟快要上路似的。"

"也是的，那我送你一句话：要想我们队伍不减员，最有效的办法就是守住健康。"这是我听陈莉荣说了这么半天最精彩的一句话。

临别，我给陈莉荣丢下一句话："回头带本书给你，我的新作——《老去的样子》。"

又过去了十多天，陈莉荣妈妈的身体基本恢复了，出院了。我去陈莉荣家给她送书时，她说了一句："老高，托你吉言，我妈平安回家了。"然后她朝厨房的方向指了指："喏，你看，那就是蹇梨花。"

我朝蹇梨花看过去。她没有正眼看我，反倒是用手捂住脸，扭头忙活去了。我觉得奇怪，问陈莉荣："她怎么啦？是害羞，还是山里妹子认生？"陈莉荣告诉我："她老父亲刚刚过世，按照蹇氏族人习俗，老人过世后要守孝七七四十九天，但她过了头七就来我们家了。我们让她不要急着过来，她不听，还说，'不行的，得过来，不然族里长辈问罪下来，我背不起的'。"

老倔头

本篇人物：屈跃进——原"星耀班"学生，以他的能力，当什么样的班干部都适合，选举投票也总能排进前三，但不知为什么，他就是什么班干部也当不上。

老倔头姓屈，大家都叫他"老屈"，改叫他"老倔头"是他退休以后的事了。老屈是个热闹人，不但爱大包大揽找事干；而且百事爱挑头，扛旗帜、打头阵、冲锋在前的一定是他。

退休后的老屈，业余生活有两大爱好：一是参加原单位老干部合唱队合唱；二是"砌长城"——打麻将。可是合唱队里发生了一件事，令老屈愤然退出了，而打麻将也接二连三发生了不愉快的事，老屈更是发誓"剁手"，把麻将给戒了。

合唱队发生的事是这样的。

年关将至，合唱队训练课结束了，队员们商量着要感谢老师，要请老师吃饭，费用平摊。聚会那天，吃完饭，老屈去前台结了账，其他人通过微信把钱打给老屈。但有一名男队员没有打，而这名男队员在职时是老屈的顶头上司，老屈不好意思开口要，这事就搁下来不了了之了。

米年又是年关将至，队员们商量又要请老师吃饭，费用还是平摊。吃完饭，还是老屈去结的账，这次所有人都把钱打过来了。

有个好事的学员把去年没打钱的那个人拉过来，开玩笑说："你去年还没有把打钱给老屈呢。"

结果这个没打钱的学员恼了："打什么打，我去年来了吗？真是咸吃萝卜淡操心。"

好事的学员好心想帮老屈讨个公道，没想到自讨没趣，碰了一鼻子灰，也有些恼，甩出一句话："算我多事，瞎了眼，你没来，你确实没来！"这名好事的学员，在职时与没打钱的学员是平级。

合唱队训练照常，但年底惯常请老师聚餐这个保留节目就此取消了，以后还会不会有其他人出来挑头就不知道了，反正这事与老屈就再没关系了，他退出了合唱队。

麻将班子发生的事共有两件。

一件是牌桌上打"内行架"。当时牌局是这样的，依老屈、汉桥、董老师、四平的座次，顺次而坐，老屈是庄家。此回合开始后，老屈手风很顺，如果能和（读 hú，下同）下来，那就和大了。牌桌上顿时被紧张气氛笼罩。

也许因为紧张，当轮到上家四平起牌时，他起到一张杠牌，然后开杠，但他不是从牌尾拿牌，而是从前面拿牌的。当他把起上手的牌插入自己的牌墙后时，老屈意识到他拿错了牌，马上提醒道："你怎么从前头拿牌？"汉桥紧跟着说："是的，我们都看到了，四平不能再和牌了。"四平执意要把那张牌放回去重新起，可汉桥和董老师都不同意，一致认为牌已经插进牌墙就不能反悔，规矩得讲。

四平见汉桥和董老师不同意，便说："不和就不和，干脆不打了。"

董老师好像等的就是这句话，跟着附和："同意，不打就不打。"顺手就把面前的牌推到了牌池中央。四平也顺势把牌推了，牌局就此结束。

可汉桥装模作样要一探究竟，先把老屈倒下来的牌翻开来看，后又把邻近待起的牌翻开来看，居然有好几张六条、九条跟在后面，如果这副牌局继续打下去的话，老屈很有可能自摸和牌，打成"金顶"。汉桥故作怜悯状："可惜了，可惜了，这么好的一手牌给废了。"

事后复盘，老屈觉得这个牌局颇多蹊跷，疑点重重。他认为四平并不是因为紧张起错牌，而是故意起错牌，然后汉桥打掩护，重点强调"我们都看到了"，接着董老师肯定了汉桥的话是对的，然后先推了牌。这一套下来，很巧妙地把老屈原本的"金顶"和牌，以错起为由给戳垮了，这不是在打内行架又是什么？

老屈越想越来气。汉桥是个开杂货店的，四平是经营早点摊的，这两人勾结起来干这事倒情有可原。但他俩缺乏这个脑子，想不出这样的高级点子来。而董老师喜烟好酒，是汉桥杂货店的常客，他又每早必去四平的早点摊——那里的热干面、面窝地道正宗。他们虽然在工作上没有任何交集，但日常起居时，从清晨一睁眼起床就联系在了一起，成年累月下来就有了交集，就处成了朋友。他们进而由杂货店、早点摊，到麻将桌，成为"麻友"，有了更多的交集，增进了彼此的友谊，时间久了，又形成了几人之间在牌桌上举手投足、心领神会的默契。

四人之间，老屈相对他们三人来说是"新贩子"。牌桌上有新贩子"火"（手气）好的说法。

戳垮这副牌局的幕后操纵者一定是董老师，他最聪明，有这样的谋略，懂里面的道道。打内行架，不就相当于是赌博里面的"出老千"嘛。当老师的怎么能干出老千这样卑鄙龌龊的事来呢？那还怎么教学生？何谈师德？

老屈知道论事讲理，要拣重点人物开刀，从老师这个光荣神圣的身份下手，他就占着理了，把娱乐活动上升到了道德层面。至于汉桥和四平两个没脑子的，缺少谋略，老屈打心里就看不起，根本没把他们放在眼里。

另一件事是掀牌桌。某一局牌中，老屈想要打筒一色，吃了两句后便得意地伸出两个指头，友情提示了一下："吃两句了，当心包和。"此时他手上的牌已经听和，剩下对六筒、对五筒、对二筒和一个"赖子"（北方叫'惠'或'宝'）。对家打出六筒，老屈说"碰"。碰牌后他本可以和牌，但老屈没和，他想整出更大的清一色加碰碰和，于是又拿赖子去杠了一下，杠上来的牌不是需要的牌，清一色的碰碰和加杠上开花宣告失败。

本来这样的打法再正常不过，没有和就没有和，但他这么做却在事实上造成了出六筒的对家"三句包和"的结果。

老屈的对家老羞成怒说："你能和为什么不和，非要让我包和，你就舒服了？"

对家的质问把老屈搞懵了："什么叫能和不和，我哪里和了？我明明起了一张废牌！"场面局势一下形成了对峙，气氛不友好起来。

坐老屈上手和下手的纷纷劝说："老屈不和，就是想整大和，并没有针对哪个人。""杠牌也好，和牌也好，都是每个人自己的事，想杠就杠，想和就和，多大点事。"你一句，我一句，轻言细语，都是在好言劝和。但听得出来，话里话外向着老屈的成分多一些，这更加激怒了他的对家。自然，从牌局规则上来说，老屈占着理，没有可指责的地方。但对家坐不住了，"嚯"地站起身，猛地把面前的牌一把推开。麻将乱蹦，撒落一地。他气冲冲地离开了麻将室，边走还边叨叨："稀烂班子，稀烂班子。"同桌及邻桌一众，见此情景都面面相觑。

对家走后，坐老屈上手的对老屈说："从规则上说，你没有问题。问题出在，可以和却不和，还要去杠，想整大和，就有不够朋友的嫌疑，有点伤感情了。"

这句话点醒了老屈，他气消了，心也软了下来。平时朋友之间打麻将就是个娱乐，不是赌博。像"愿赌服输，输不起不要玩""麻将桌上没有一个不是虎视眈眈盯着人家的口袋"这样的话最好不要去说。老屈明白了，原来麻将牌局里隐藏着一个不为人知的"情"字，这个"情"字贯穿始终。不和牌，可以叫情不和；和了牌，可以叫情和。

聚会吃饭买单事件给老屈的教训是：不要充当先锋，现在不是现金年代了，每个人掏出钱，凑齐了就行；微信、支付宝付账就不同了，记得付的还好，不记得付的，还真拿他没办法。没有人愿意为一点钱和朋友撕破脸，搞得不愉快。

麻将事件给老屈的教训是：打麻将要看对象，守规矩，合得来的就一起玩，合不来就不要在一个桌子上，免得心烦，要是不小心得罪了朋友，反而伤了感情。

没过多久，合唱队的老师和队员陆续找上门来，劝老屈回来，说是年终老干部局组织迎新春歌咏比赛，单位的老干部合唱队已经报名参赛了，还说低声部缺唱低声的。麻友们则连拉带拽，劝他回到麻将桌上来，说经常三缺一，凑不齐。但老屈铁了心，不为所动。

老屈的这一做法，遭到两边的强烈谴责。合唱队说他没有大局观，不识大体，虽说退休了，但还是要像上班一样，要有集体荣誉感。麻友说他不够朋友，一点小事就成这样，没气量，不大度，就是孤老一个。

从此，合唱队队员和昔日麻友，就都不再把屈跃进叫老屈了，而是叫老倔头。说他这个人倔，屈字边多了一个人字，这个人是个木头人，是个没有感情的人；他余生就活该和这个没心没肺的"人"一起过，比着倔，看谁能倔得过谁。

负面的话也从别的圈子传过来：多大点事，不就是聚餐吃饭没打钱，麻友打内行架，掀牌桌吗，至于就这么跟自己过不去，把自己孤立起来吗？哪能谁劝也不听呢？

老倔头再怎么倔，还倔得过自己爱揽事、喜热闹、害怕孤独的性格？他在家里每当想起合唱队里的欢歌笑语，还有自己低沉浑厚的男低音，或是听到麻将室搓麻将的声音，就浑身不自在。一不自在，他就烦躁不安，烦躁起来后，他就冲老伴发脾气，发起脾气来，就要搞得满屋鸡飞狗跳。

老伴实在忍受不了，就劝老倔头："要是想参加合唱队，我跟队长求情去；要是手痒，就换个麻将室，另外再找麻友，肯干活儿的不好找，搓麻将的遍地都是，反正是自由组合，省得把家里闹腾得鸡犬不宁。"老倔头把老伴下梯子的好话，当成是奚落挖苦的话，闹的响声更大了。

实际上，老倔头割舍不下这些爱好，但就是还要个脸面。他有好几回跟老伴撒谎，说是要去公园转转，一转就转到了合唱队排练的地方，躲在门外偷听；再不就是走远点去没人认识的麻将室，过个眼瘾解馋。客观来说，老倔头还真是相当有克制力，说"剁手"就"剁手"，说戒麻就戒麻，任凭心绞痛、手痒痒，打死不上麻将桌。

跨年老倔头就七十了，这是个很恐怖的年纪。老倔头再怎么倔，还倔得过岁月，躲得开年轮？

在小区后门围墙的角落里，有一排健身器材，离健身器材不远的地方，还有个亭子，健身练累了的人，就在这个亭子里休息喝点水。

这个亭子里总是聚满了人。这些人却不是健身累了在休息的人，而是下象棋的人。下象棋的人一窝又一窝，占据了整个亭子。他们还大声说话，争执不休，乱哄哄的。这么一来，健身的人就有意见了，他们嫌下棋的太吵，影响了健身时的氛围，把有氧变成了无氧，规律节奏全给打乱了，而且下棋的人还霸占了他们歇息的地方，于是就把这个问题反映到了小区业委会。

业委会高度重视，派人来协调。下棋的人说："亭子又不是专门为健身的人修建的，为什么不能在这里下棋？"双方各执一词，谁也说服不了谁。

老倔头自从离开了合唱队和麻将室后，一早一晚就在健身器械这边锻炼身体，晨练完后，就窝到下棋堆里，看人家下棋，他自己不下，也不言语。时间一长，两边的人他都熟了，两边有什么需求他也摸得一清二楚。老倔头觉得解决这个问题不难，于是就自告奋勇，找到业委会，说这件事他有办法处理。

健身的人一般起得早，九点之前晨练就结束了，然后吃早点的吃早点，买菜的买菜。而下棋的一般要到九点以后才摆开龙门阵，这部分人往往早点也吃过了，菜也买了，老伴挑不出毛病了才出门。他们手里拿着茶杯，杯子里是刚沏好的茶，晃晃悠悠来到亭子里，然后车、马、炮地杀开来。从时间上来看，两边互不冲突，真正晨练晚的人与下棋早的人起冲突，只是极个别现象。

老倔头建议，在小区成立一个棋牌协会。因为不仅下棋有响声，麻将牌的响声影响更大，还有纸牌也是，成立这个协会有助于把棋牌响声扰民的问题一起解决掉。他还建议再成立一个健身运动协会，这里面包括的内容就多了：广场舞、跑步、骑行，等等。还要有专人负责管理场地，协调解决矛盾纠纷，再到街道里申请少量经费给予支持。

业委会全体委员一致认为老倔头的建议好，在小区老年人中间大力提倡开展健康的休闲娱乐活动，既有助于他们强身健体，又增进了邻里和谐，其重点要在规范化管理上下功夫。业委会还通过了一项决议：吸纳老倔头到业委会来，并全票通过让老倔头当业委会副主任，分管两个协会的工作。

老偏头变得忙碌起来。爱睡懒觉从不锻炼的他不再睡懒觉了，他早早就起来去健身了。健完身，他就端个小板凳坐在亭子口，等待棋迷的到来。他在锻炼身体、照顾棋摊子的同时，还要履行业委会副主任的职责，这个担子并不轻，但这难不倒他，很快，老偏头的性格优势就显现出来了。

老年人在器械上健身时不会有幅度大的剧烈动作，往往只是做个样子，他们更多时候是在聊天，聊些家长里短、鸡毛蒜皮的事。老偏头想：既然这样，是不是可以利用这个机会，引导普及一下体育方面的相关知识，能够在老年人做重复枯燥动作的同时，给他们提供一些知识养分？于是老偏头开始普及体育知识，用他的话来说，叫"体育冷知识"。

他首先普及的是网球知识。如果要问普通人，代表世界网球最高水平的四大公开赛分别是在哪四个国家的哪四座城市，可能大家都知道；但要问温布尔登网球比赛对男女运动员着装有什么规定，人们就不一定知道了。参赛选手必须穿着白色球衣、白色球鞋，这个传统从十九世纪流传至今。温网主办方认为，吸引观众眼球的不应该是花里胡哨的着装，而应该是精湛的球技，所以不需加入商业的推动，不需要广告牌。即便是"草地之王"费德勒，他在2013年比赛期间因穿的鞋子是橙色鞋底，也被勒令换鞋。温网丝毫不给巨星讨价还价的机会，但恰恰是这些源远流长的传统规定，凸显了温网140多年来独特的历史文化。

值得一提的是，除了对运动员的着装有要求外，从 2012 年开始，温网也开始对入场观众的穿着严苛起来，T 恤衫、牛仔裤被划分在最不受欢迎的着装范围。而能受邀进入皇家包厢的观众，女士要穿礼服，男士必须身着西装领带和皮鞋。

另外，在网球的四项大满贯赛事里，只有红土场地的法网对落球点的判罚不使用鹰眼技术，而由裁判裁定。知道"红土之王"是谁吗？那就是大名鼎鼎的西班牙人纳达尔。

然后他又开始普及拳击知识。迈克·泰森被认为是世界上最伟大的重量级拳击手之一。这位被同时安上了"钢铁迈克"和"地球上最坏男人"的名头的人，本身就是一个矛盾体。他的名字本身就代表了力量，他是世界拳击界传奇人物中的一个恐怖名字。他的拳头具有毁灭性的力量。

很多人愿意花费数千美元观看泰森在短短 30 秒内摧毁对手的精彩刺激场面，却又痛恨诅咒他出拳太重太快，去一趟洗手间的工夫，锣声已响，比赛结束了。这确实是一个令人难以置信却爱恨交织的景象。

为拳击爱好者最熟知，也是最津津乐道的，是泰森与霍利菲尔德的二番战，臭名昭著的咬耳朵事件就发生在这场拳击赛的拳台上。赛后舆论迅速发酵，一边倒地谴责泰森违背体育道德的恶劣行径，又同泰森拳台下混乱的私生活联系在一起，把他抹黑描绘成人所不齿、十恶不赦的恶魔。事实是，霍利菲尔德在拳台上就不干净，小动作阴招频出，正是这些举动激怒了泰森。

无论如何，拳台上的泰森与生活中的泰森根本不是一回事，舆论归舆论，拳击界业内人士以及拳击爱好者不屑于舆论的抹黑胡诌，对泰森的喜爱程度有增无减。撇开泰森拳台下的私生活不谈，纯粹从竞技体育的角度评价拳台上的泰森，可以说，他是把职业运动员的职业道德、体育精神展示得最充分的运动员之一。

泰森在拳击台上受人喜爱和敬重是有原因的，他在赛前赛后不向对手爆粗口，不高调地扬言要打爆对手的脑袋。在拳台上出手极其干净，不使阴招，不搂抱，不补拳，在击倒对手后，会主动跑上前搀扶。泰森最精彩、最具观赏性且最让拳迷津津乐道的，自然是他的那套标志性的、凶悍无比且又赏心悦目的组合拳。他先是给对手腰部一记势大力沉的刺拳，当对手护腰、露出空当的瞬间，他紧接着一记致命的上钩拳，哪怕不直接把对手击倒，也基本废了对手下巴。

老偏头还要说说斯诺克。斯诺克既是项绅士运动，也是一项对智力要求极高的运动，不应该被划到球类，而应该属于棋类。比赛规定，皮鞋、西裤、带马甲的上衣或正式的衬衫是球员在赛场上的标配，在重要的比赛场合，球员必须打领结。

但有这么一名球员，常年占据世界前十六的位置，是斯诺克的顶尖高手，但他可以不打领结参加比赛。因为他的喉结有一种疾病，经医生开证明，国际台联认可，因而被特许不用打领结。

这名球员就是马奎尔。这项特许体现了国际台联对顶尖选手的尊重。

但万事总有个例外，斯诺克赛场上就发生过"火箭"奥沙利文穿运动鞋比赛的情况。他禀赋极高，可谓是天才里的天才。但他穿运动鞋而不是皮鞋参赛是不是因为有脚疾，或是崴了脚脖、长了鸡眼之类的不得而知，他有没有医生证明，是否得到国际台联认可，也不得而知。总之，他就是这样上场参加了正式比赛。我们是不是可以这样理解：这也体现出国际台联对天才的尊重和对规则的灵活运用，也算是不可多得的法外开恩、网开一面了。

"好了，就说这些，还有很多体育冷知识，有兴趣的话，慢慢说给你们听。"老倔头对这样的普及还算满意，大部分人从头听到尾，会边听边点头，还有发出笑声的。中途有两个老太太离开了，或许有事要办，或许不感兴趣听不下去。这也难怪，既然是冷知识，人名又拗口，知道的人就少。老太太就知道网球是那个毛茸茸的黄色小球蹦来蹦去的，拳击就是戴着棉手套打架，血腥恐怖，斯诺克不就是台球嘛，更不是什么好玩意，就是街边小混混厮混在一起挑事找碴儿的地儿，这有什么好听的？如果是讲养生食疗方面的知识，那两个老太太兴许就不会走了，但前提是，课后可以免费领取两板鸡蛋或一提羊驼奶或两瓶麦乳冲剂。

老倔头又钻进了棋堆里。这天管象棋的崔大爷（棋类分会会长）说家里临时有点事，要晚来半小时。这是个好机会，老倔头又要在这堆人群里普及他所谓的"棋类冷知识"。

  这差不多是四十五六年前的事了，我当时二十来岁，是刚刚返程的知青。一天，我看到省汽修厂大门口围着一大堆人，热闹异常，就凑到人堆里面，却被人流推进了大门，来到一个超大超高的车间里。在车间的一隅，有一块大黑板，黑板上面用白粉笔勾边写着几个字："热烈欢迎柳大华来车间指导下棋"。厂门口没有拉横幅，黑板上的欢迎词写的也不是来"厂"指导，而是来"车间"指导，显然，这次活动不是由汽修厂"官方"举办的，而是民间自发的。

  场地中央放置着八张单人课桌，呈扇面形排开，每张课桌上都放着统一的棋盘和棋子。扇面中间的位置没有课桌，只有一把靠背椅。只听到有人宣布："一对八，盲棋挑战赛现在开始。"

  八位工人师傅穿着统一背心，排着队出场，背心上印有"省汽修"三个字。这时围观的人群里传出喝彩声，第一个出场的师傅是厂冠军，第三个是车间冠军，最后一个出场的也大名鼎鼎，是以前的厂冠军，老师傅上年纪了，但宝刀不老……

  "下面有请柳大华出场！"宣布声一落，车间里立刻响起了雷鸣般的掌声和欢呼声。只见柳大华穿了件背心，踏着一双拖鞋进场，向八位师傅鞠躬行拱手礼，然后坐在了靠背椅上。

仅仅一个多小时，比赛就结束了，比赛结果是，柳大华七胜一和，以不败战绩获胜。在场看得懂、看不懂的哪见过这场面，都入了迷，大呼过瘾，太神奇了，这眼花缭乱的一步步棋柳大华是怎么记下来的？唯一下成和棋的是厂冠军，他也惊呼："太不可思议了！这哪是人呀，简直是机器，是四个轮子的汽车。这台'车'自动化程度太高，我和车打了一辈子交道，也从没见过，真要是坏了，我们这大的专业修理厂，也没法修。"

后来还有更厉害的，一九九五年，柳大华在中国棋院下了一场一对十九的盲棋，最后取得八胜九和二负的成绩，震惊了象棋界。撇开输赢不说，单是记住这十九盘棋的步骤就很神奇了。一时间连海外的华人都在传"柳大华真是奇人"。这个记录后来还在不断被刷新。柳大华也成了享誉中国棋坛的象棋特级大师，有"东方电脑"和"棋王"的美誉。

围坐一旁的老哥、老弟们，听入了迷。老倔头这才说："给你们讲这个故事，就是想告诉你们，下棋也好，麻将、纸牌也罢，虽然都是娱乐，但在娱乐的同时，多互相学习，多提高技艺，尽可能玩出高度、玩出档次不是更有意义吗？下棋的静静思考，看棋的观棋不语，下完后再复盘，切磋交流不好吗？今后可以建个象棋群，在手机上就可以交流了，碰到刮风下雨，家门都不用出。"

象棋群建起来后，老倔头发现了一个有趣的现象，入群的棋迷把自己原来的微信昵称都改了，还改得很有创意，有两个叫"柳大华"，四个叫"大华"，九个叫"华子"。微信群里也经常发生争吵，叫这个是"臭棋篓子"，那个是"厕所里的石头"。

老倔头想起刀尔登《背面》一书里的一篇文章《象棋与围棋》，其中有这么一段话："那里的昵称可以重名，所以我见过两个胡荣华自相残杀，旁边还有三个杨官璘、四个李来群在观战。"

老倔头说："这就对了，同为中国象棋特级大师，别的大师跟我没有关系，柳大华可不行。他是从我们这个地方成长发展起来，走出去的。他所取得的成就，所获得的荣誉，我们也感到骄傲自豪。所以在这儿无论下棋的，还是观棋的，统统都是柳大华，不会有胡荣华、杨官璘、李来群。"

"另外还有一层关系，柳大华是土生土长湖北黄陂人，我老伴也是，叫柳大兰，同为柳家大湾的，如果往上倒几辈认祖的话，柳大华说不定还是她本家远房大堂哥呢。"

"还有一个秘密，可能只有我这个年纪的人才知道。我们现在下棋的这个地方，就是原来的省汽修厂，这个小区就是在汽修厂原址上开发建立起来的，说不定这个亭子，就是当年柳大师以一敌八的汽修厂车间。你们每天在这里下棋，这是在近半个世纪后，隔空和大师棋枰对弈呢，该是何等的荣幸呀。"老倔头说这话时，自豪之情溢于言表。

打那以后，就再也见不到亭子里一大群下象棋的人乱哄哄的景象了，也听不到嘈杂的叫喊声。下棋的人就像高雅棋院的棋手一样，坐有坐相，观有观相，悄无声息了。无论下棋的，还是观棋的，在无形中他们心里都树起了一个榜样，有了一个远大目标，无不朝着柳大师的方向前进。他们明知那是天花板，扯断肠子也够不着，但从每个人脸上表现出来的神态看，他们都呈现出以一敌八下盲棋的架势。可不要轻看了这个架势，一阵子下来，他们的棋艺实实在在提高了一大截，就是最好的证明。再后来，居然还有人在亭子里打谱下盲棋呢。

不知是哪一天，亭子檐边挂出一块木牌子，上面写着三个字："华子亭"。老倔头问："这是谁写的？"有知道的举手说："是群里昵称'柳大华'的那个大爷写的，他爱好书法的，住三栋三单元五零二室。"

天气不好的时候，锻炼的人没了，下棋的人三三两两，老倔头照例在健身。健完身后，他就坐在门卫室里与门卫大爷聊天。知道的人，会把这当作业委会的副主任在检查工作，调查了解情况，不知道的会把他当成门卫大爷。他也会和保安一起查看车辆停放情况，或者和保洁阿姨一起查看卫生清扫情况。

最近还有一件事。老倔头住的这栋楼要换电梯，整栋楼的人都很关心。整个小区有十二栋十八层的楼房，建成有二十多年了，最近一段时间，业主频繁反映电梯出问题。这是关系到各家各户安全的大事情，业委会很重视。在征得大多数业主同意后，业委会决定把十二栋楼的电梯全部换掉，并决定将老倔头所在的这栋楼当作试点最先安装，然后全面铺开。之所以拿老倔头所住这栋楼作为试点，正是从他关心集体、爱思考问题来考量的。同时，还指定老倔头为小区换电梯的总负责人，另外各个楼栋则由所在楼栋业主推举一个人出来负责协助工作。

相比较老旧楼房加装电梯，高层更换电梯，从工作开展角度讲要简单很多，难度小很多。无非就是各家各户按楼层分摊费用的比例、电梯的选型和价格、设备的采购和招投标等一些事。这段时间老倔头不再去健身了，也不去下棋了，集中精力做好这件事情。

工作进展得很顺利，试点楼栋按计划时间完成了安装验收工作，电梯运行正常。其他楼栋的安装工作也在小区全面铺开了，老倔头松了口气。

新电梯轿厢四周贴着有漂亮图案的保护膜，保护膜除了起到装饰作用，还可以使进到密闭轿厢的人少些面面相觑的短暂尴尬。虽不过几十秒的驻足，但他们的眼睛可以转着圈观赏画面，而不会不知该把眼睛放在哪儿好。

最让业主满意的是，新电梯加装了空调。当人们从大夏天的炙热暴晒中冲进电梯时，一股劲爽让人心旷神怡。住低层的人也不愿放弃清凉，想多蹭一会儿电梯，干脆随着高层住户一直清凉到顶，凉透彻了再回自己的家。

不知从何时起，画布一样的保护膜，这幅很好看的风景山水画，被抠了个洞，露出轿厢的原色。从洞的高度看，应该是孩子所为。但被抠的洞越来越大，越来越多，这显然已经不仅仅是孩子所为了。手痒痒的不仅仅是孩子，大人也参与其中，共同"作案"了。崭新的电梯轿厢，没过几天，保护膜图案就千疮百孔了。

一开始，老倔头还试着用胶布去拾遗补漏，可是一点不管用，今天补了，明天又被揭开。老倔头就去监控室调看监控录像，结果发现，凡家里有小孩的几乎都出现在了画面里面，大人出镜也不在少数，这么多人共同"作案"，法不责众，该怎么处理？

监控室的小王见老倔头束手无策的着急样子，安慰说道："屈大爷，新电梯轿厢里面都有一层保护膜，上面的风景画就是保护膜，反倒是需要揭开的。里面是整面不锈钢，没有关系的，对轿厢不会有损坏。"

但老倔头说："揭开了难看，让人感觉不舒服，多好的风景画。"

小王是刚被分配到街道社区的大学生，被派到所属小区指导监控室和小区安防监控系统布防技术工作。

"屈大爷，法不责众的说法不对，众人真犯法还是要追究法律责任的，您说的这种现象叫'破窗效应'，也就是人们常说的从众心理，谈不上是犯法。"

小王趁机给老倔头补了补社区防控知识。"破窗效应"是由两位政治学家詹姆斯·威尔逊和犯罪学家乔治·凯林于1982年最先提出的。他们通过对既有行为的研究发现，当一辆无人看管、完好无损的轿车停在街头时，通常不会有人去碰它，但如果这辆车有一扇车窗破损，则整辆车很快就会被破坏掉，这就是破窗效应。这里的教训和启发是：关照和维护的缺失，会诱发人们潜在的破坏倾向。因此，如果期望城市建立并维持无犯罪的社区环境，就必须采取行动，以确保市民感到一种要遵守公共行为的文明规范的压力。

"当然。我只是举例子，实际情况远没有那么严重，不过我们可以通过这件事举一反三，运用到日常工作实践中去。"小王感觉刚才讲的理论太深奥了，老倔头听起来有点吃力，不一定接受得了。

老倔头确实没有听懂，他头一回听到这个新鲜词汇，听得有点蒙。信息时代，涌现出来的词汇太多，光是效应，就有"马太效应""鲇鱼效应""木桶效应"，等等，现在又多了个"破窗效应"，他有点应接不暇。

"小伙子叫什么名字？"老倔头问。

"柳大华。在象棋群里，有空常会去亭子里面下象棋。"

"群里一共就两个叫柳大华的，你是其中一个？"

"正是。不过屈大爷我得纠正一下，去亭子里下棋的都叫柳大华，只是叫法不同，大华，华子统统都算。"

"敢叫柳大华，说明水平不低，群里面下得最好的就属你了吧，能下盲棋吗？"

"不敢比柳大师。但象棋还真下过，最好战绩是一对二，一和一负。"

在业委会的会议上，老倔头把试点安装电梯的运行情况和发生的问题作了汇报，又把监控室小王传授的知识普及了一下，还谈了下一步工作打算。业委会委员听后都说受益匪浅，充分肯定了老倔头的工作成绩。业委会主任在总结发言中讲道："老倔头讲得全面具体，摆出问题，分析情况，还拿出了解决办法，大家都要学习老倔头这股倔劲、钻劲，把整个小区的电梯更换工作完成好。"

整个小区电梯更换完成后，过去一个多月了，新电梯轿厢保护膜的漂亮图案，再没有出现被破坏的现象，这得益于老倔头持续的宣传，以及业主对小区工作的支持，大人对孩子的教育。新问题会不断出现，出现了就去解决，老倔头对小区工作的热情越来越高，他的管理办法也越来越多，但他的性格始终没有改变，还是那个爱揽事、闲不住，百事爱挑头，扛旗帜、打头阵、冲锋在前的人。

　　不过老倔头说："我其实不喜欢老倔头这个称呼，我叫屈跃进，还是叫我老屈的好。凡事不屈服，但不能倔强，遇事不顺从，但不能执拗，虽然只是多了一个人字旁，意思却完全不一样了。去掉这个人字，反倒是本真的我。一味地倔、执拗，就成老顽固了，就招人烦了。"

　　老屈的爱好还是唱歌，他向业委会建议："可以在小区组建一支老年合唱团，合唱团日常上课的人员组织、场地安排等琐碎事我来做。同时我也参加合唱，还和以前一样，在低声部唱低声。"至于麻将嘛，他真的不想了，不是因为赌咒"剁手"，而是被小区的琐事把时间全给占了。

后记：走进她的内心世界

孟宪法同学就爱故弄玄虚，搞恶作剧，早不说晚不说，偏偏等《老去的风景》脱稿修改完准备投出版社了，跑来神叨叨告诉我："你漏网了一条大鱼，'星耀班'还有一个重量级人物，你知道是谁吗？说出来你要是相信，我就不是大鼻子。"

"星耀班"藏龙卧虎我是知道的，也明白真正的高手往往隐藏在你不知道的地方，但就那么大个池子，就那么点水，我挨着个，排着队去摸，会漏掉大鱼，漏掉真正的重量级人物？孟宪法的话，我打死也不相信：你还真就不是大鼻子。

直到她现身，我才震惊了。大鱼，真正的重量级，这一形容真不是说着玩的。孟宪法的话是真的，不是恶作剧。于是我联系上了她，此时她正在上海带孙子。

我真记不起她的名字了，依稀记得她打扫教室卫生做清洁，不怕脏不怕累，满头是汗；她好像还爱好体育，喜欢田径、打篮球，其余就没印象了。既然孟宪法都拿自己名号赌咒了，那一定有值得去写的东西，当然不能错过。

一个在读书时默默无闻、不被看好的人，何以后来在职场上脱颖而出、达到一般人达不到的高度？那一定是其内在蕴藏着异于别人的认知，其对事物的判断力、把控力，一定有很多出类拔萃的地方。我决定去趟上海。

我特意带了一本《老去的样子》去见她，落座后，我发现她面前的茶几上也有这本书。虽说是老同学，但毕竟分隔时间长了，总还是显得生分。这本书恰到好处地起到了调和剂的作用，很好地化解了生分。双方有了共同的话题，就一下子拉近了距离。

不等我开口，她就先说了："我正在读你的书。班长不错，把人性的东西看得很透，似轻而实重，有大格局。团支书可惜了，自毁前程。我被'一起下水'里的三个同学的真挚感情经历所感动。'背负'也很好。还有很多同学可以写。通过读这本书，我们可以去比对和找寻自己，回忆曾经的班集体、曾经的老师、曾经的同桌。"

我们共同回忆了读书期间印象比较深刻的一些事情，越谈越接近，话题也越来越多。我并不急于表明我的来意，想把话题引向她工作后的方向。她也以我不易察觉的方式在刻意回避着什么，虽然顺着我的话在说，却也不能继续深入。她没有让我感到丝毫的躁动难堪，相反让我觉得她很好沟通，也不拒绝谈她个人的情况，但我想了解的、有价值的内容一点也没有。

其实她早已察觉到我此行的目的，便坦率问了我。

我也坦然回答说："你说得对。我这次来，就是为了写你。我正在写这本集子的续集，想把你写进去。"

我点明了来意后拿出笔纸，以为"采访"可以开始往下进行了，并且摆出了一副记者的架势。但当我一本正经地正要听她讲述的时候，没想到，她的神情却变得比我还要一本正经。那个坚毅的眼神，跟我想象中的她在工作时候的状态很像。我暗自庆幸：如果她一副无所谓的态度，可能不是好事，而从这种严肃的神情看来，此行的目的有可能会达成。她这种坚毅的眼神，被我解读成是接受了我的请求，是高度重视的一种表态。

我想好了说辞，就对她说："这是你的自传，最好你写个初稿出来，以你的文字水平去写你跌宕的人生经历，用不着润色，也必定精彩。"

但我的恭维话根本不起作用。她轻描淡写地说道："你听谁胡说八道了？我有什么好写的，有什么精彩的？都过去了。"

不能就这样放弃，眼看用出"名"诱惑她行不通，我又说："你要是忙，没时间动笔的话，你口述，我来写。如果能够出版，署我俩的名。"她回答道："那就更不写了，不是忙不忙的事。"

原来，她根本没有"重视"这件事，压根儿就没有接受我的请求。她不为所动，挡住我，不让我进入她的内心世界。

但她越是这么说，越是证明有值得去深挖的东西。而我只能怀着寻觅到了好素材而又得不到的沮丧心情离开了上海。

我继续《老去的风景》的写作，写完后，把书稿电子版发给她，想让她提点意见，同时也是想试探一下：自从在上海挡住我之后，她的想法有没有松动。我还没有死心。

听说她从上海回来了，我赶去了她家。她忙得不得了，我发给她的书稿都没来得及看。这也难怪，谁有时间去看这十几万字的书稿。人家家里事多得不得了，我还去增添麻烦，实在过意不去。于是我说："我改天再来，要三顾茅庐。"她说："十顾也不行。别来了，我马上又要去上海了。"

我还没有放弃，继续多方收集资料，找同学中间与她关系好的、一直保持联系的人，通过多方打听联系到了曾经与她在一个知青队的人，甚至曾经与她一起工作的同事，以了解她的过往经历。这实在怪不得我，我不想放弃这么好的素材，为了这本书，我不顾面子，不识趣地三番五次缠着不放。当然，她并不知道我在背地里干的这一切。

为了说得明白，也为了用真情感化她，我把续集里的"自序"发给了她，看能不能对她有所启发而让她改变想法。我在发文档前，特意附了一大段话：

　　20世纪50年代出生的人的人生经历，大多数是从知青生活开始的。我在"续集"写作过程中，无数次联想到你的人生经历，因为你也是从知青步入社会的，你所取得的成就，让我产生很多好奇，想去探究。

我想象不出来，当年知青考学、招工回城成为第一需求的时候，你为什么会留了下来？身边一个个知青返城对你没有冲击吗？究竟是什么精神力量支撑着你？

我想象不出来，当年在最基层的穷乡僻壤，你日复一日地在艰苦环境里辛勤劳作，完全不知今后路在何方。在这样看不到前途的情况下，又是什么力量让你挺过来的？

当时你一定没有长远的职业规划，预料不到日后有一天坐到地级市市长的位置。更没有想到，有一天会出席联合国亚太经社会，并在泰国彭世洛市举办的"亚太地区女市长和女议员高峰会"上，荣获"亚太城市管理杰出女性奖"，这一步步走过来的心路历程有多么艰辛，只有你自己清楚。这么好的素材，如果不写出来，分享给读者，实在可惜。怎奈笔拙，无法还原出真实的你。

她很快就回复了，她称呼我"小哥"。从称呼上来看，我三番五次的诚意似乎打动了她，沟通起来没有了距离感，完全不像普通同学，更像是朋友了：

小哥，在火车站候车的时候，看到你发来的《老去的风景》的"自序"，一口气读完，被深深打动，读着读着莫名就产生一种想落泪的感觉……

　　在我看来，"自序"应该是你出版的书里，最能诠释作者立意、直扣全书主题、最能打动人心的部分，也是这一代人此时隐秘内心的直白，它直击了我的心灵深处。

　　至于你提到的三个问题，我只能报以苦笑，随着岁月的流逝，思绪也在不断变化。如果说退休之初，我还觉得自己充满了激情和活力的话，那随着一箱箱记录人生轨迹的笔记本化为灰烬，现在的我早已尘封昨日，已是心如止水。抱歉让小哥失望了。我要说"爱拼才会赢"是你退休后不甘寂寞、仰望星空、坚守孤独、成就梦想的真实写照，真心佩服，期待新书早日面世！我很好奇，你是从哪里了解到我的过去的？

　　写完续集"后记"后，我又征求她的意见，问她："可不可以把'她'换成真名实姓。"她说："绝对不可以。"我又问："为什么？"她说："一个不特定的'她'不好吗？用带女字旁的所有人去写我们那个年代，才是你这个集子应该做的。"

　　在写她人生经历这件事上，我始终处于被动位置，被她的节奏带着走。她可以用大把文字毫不吝啬地赞扬我写的"自序"，但当我想让她自述她自己的经历时，她却小气抠门得不行。可以肯定，她不会怀疑我的十二分诚意，但仅仅有诚意还远远不够。我不得不感叹，想走进她的内心世界多么不容易。但我转念一想：

岂止是她，事实是，在生活中，我们想走进任何一个人的内心世界都不容易。

我终于明白了孟宪法一定要我写"她"的真正含义，这个"她"，是她，但又不仅仅是她一个人。孟宪法是不想我的续集里面漏掉"星耀班"任何一个人。从"星耀班"走出去的每一个人都是一个故事，每个故事都很精彩，都值得去书写。客观说，一本书就那么多篇幅，一个个地去深描细绘不现实，也没有必要，但用一个"她"字去涵盖所有女生，不就全部囊括进去了吗？这实在是个大大的妙招。

孟宪法没有跟我说实话，他说从来没有跟她联系过，但从我求稿的过程看，他俩一定有过联系，要不，我怎么总感到有个影子忽隐忽现，在我背后做推手呢？出其不意且胆大妄为，是他的行事风格。但我并没有觉得有什么不妥，反而要感谢他，他为这个集子增添的光彩，是实实在在看得到的。

很遗憾，最终她没有同意我写她，她说的理由具有相当的哲理，站得很高，有大局观。我无法拒绝，只能认可。好在续集"后记"有这一份简单的记录，是经她过目后同意的，也算是个不错的弥补了。

她的真实姓名最终没有出现在续集里，这没有关系，明眼人一眼就可以看出，"她"就是她。

在这本集子的写作过程中，我要感谢我的妻子。因为她每天弹钢琴，我已经习惯在琴声里创作，一点也不嫌吵。她说我的字符是随着她的音符流淌出来的。我补充了一句："琴声断了，思路跟着就断了。"她是这本集子的第一个读者，理性思维与概括能力都很强，总会在字里行间挑出病句，然后换成规范、简洁、漂亮的句子。出于职业习惯，她还有很强的政治敏感性，总能合上时代节拍，在大方向上帮我把关。那我就省事了，只管写，不用担心走邪路，走错路。

我还要感谢好友维建。多年养成的习惯，我写的东西总会第一个发给他看。他说勉强拿得出手，我这才敢发给其他人。"勉强"两个字，于我评价并不低，这本集子也是这样，他相当于是产品质检员。去年国庆节他从深圳回来，我们相约在街边供行人小憩的长条木椅见面。他说时间紧，要赶回去照看孙子，不能多聊，一边说一边从裤兜里掏出一页纸，纸上密密麻麻写满字。他说："你自己看去，我对集子的意见都在上面，红色下划线是重点。"

我还要感谢刘艳艳。她笑起来与她的名字很搭，与她的热情也很搭，像山丹丹花开一样，绚烂火辣，红艳艳。细腻，不扭捏，直截了当，是她提意见的特点："你的作品缺少情感大戏，是不敢写，还是真没有？""就是这样。"我回答说，"这方面我确实比较木讷，驾驭不了，不敢去碰。"

我还要感谢林纯洁。说起来我们还是同事，他是985高校年轻的系副主任、副教授。从年纪上说他是晚辈，但就受教育程度及学识来讲是我的老师。他治学严谨，出版的学术专著、论文颇丰。在教学及著书繁忙之余，把我引荐给出版社编辑，还不厌其烦帮我修改书稿，规范文档。我对纯洁说："我是你鼓励的后进，被提携的老者。"纯洁拱手道："岂敢，岂敢。"说话间透出的儒雅、谦和、礼数，一如他的名字。

跟责任编辑不说谢了。但他做的精彩文案必须记录下来："当我们渐渐老去时，所获得的最宝贵财富，就是关于这一生的无穷无尽的回忆，而回忆，是不会老去的。回忆，就是让生命永恒。"几年隔空对话，微信传递，未曾谋面的神交，想象中那个阳光帅气、才华横溢的青年才俊，给我印象最深的，反倒是他在朋友圈每日必发的九宫格趣味文字，证明他自诩佛系性格不是说着玩的，妥妥一个涉猎广泛的玩家大男孩。随便摘几句，关于花："粉妆楼，不亚于皋月。""大大的冰激凌快融化了，一盆不能卖的花却更加茁壮了。""今天的C位属于五宝绿珠。""受强对流天气影响，今天的主咖吊环王子——飞鸟之誉——只能搬进室内了。"关于茶："浮生半盏。""换种颜色。"关于其他："佩奇终结者（肉铺招牌）。"

还有很多人要感谢，在此就不一一列举了。

2024 年 6 月 26 日